Poesia del Nov

Sylvia Plath

Lady Lazarus e altre poesie

a cura di
Giovanni Giudici

Arnoldo Mondadori Editore

I edizione Lo Specchio giugno 1976
I edizione Oscar Poesia del Novecento aprile 1998

ISBN 88-04-44838-5

Questo volume è stato stampato
presso Arnoldo Mondadori Editore S.p.A.
Stabilimento Nuova Stampa - Cles (TN)
Stampato in Italia - Printed in Italy

Il nostro indirizzo Internet è:
http://www.mondadori.com/libri

INTRODUZIONE

Ce ne sarebbe abbastanza nella storia di Sylvia Plath per scoraggiare dallo scriverne chiunque abbia un minimo timore della retorica. Troppi elementi hanno contribuito, nei trentacinque anni che ci separano ormai dalla sua morte, a fabbricare dalle sue ceneri un personaggio, quasi un mito di consumo, con scarsa giustizia per un'opera poetica destinata a reggersi splendidamente da sé, senza bisogno di puntelli aneddotici.

Confortati dall'evidenza del già avvenuto, taluni critici tendono spesso a considerare il suicidio di un poeta come corollario e addirittura parte integrante dell'opera, che ne diventerebbe pertanto una più o meno consapevole preparazione. Nel caso della Plath (che quando ci riuscì era già al terzo tentativo) ciò potrebbe apparire quasi vero anche alla lettura dei testi. Ma potrebbe valere anche l'ipotesi contraria che la presenza del tema « suicidio » o « autocancellazione » in alcune delle sue poesie più riuscite fosse in effetti un modo rituale di esorcizzare l'irrazionale del *cupio dissolvi*: la poesia è spesso finzione scenica dove il tanto parlare di morte può significare in realtà un disperato amore del vivere. Così si potrebbe già sgombrare il campo di uno dei due equivoci alla base del mito, dicendo che il suicidio di questa scrittrice non fu un suicidio « letterario », ma un semplice e doloroso fatto privato che un tempestivo soccorso (quella mattina dell'11 febbraio 1963) avrebbe potuto anche sventare, salvando insieme la vita di una giovane donna e il significato protestatario del suo gesto. Tale è in fondo la spiegazione proposta anche da un « tecnico » della materia (vedi A. Alvarez, *Il dio selvaggio*) che era anche buon amico di Sylvia.

L'altro equivoco è quello indotto dalla coincidenza fra taluni aspetti della biografia plathiana (il caparbio impegno contro le difficoltà di un'affermazione prima universitaria e poi letteraria, la lucida coscienza di una distorta interpretazione della femminilità nel quadro del costume vigente e le quotidiane frustrazioni della donna che deve conciliare lo scriver versi con le sue incombenze domestiche e di madre) e i corrispondenti temi dei vari movimenti di liberazione femminile; equivoco che forse avrà fatto andare a ruba il disco delle poesie dette dalla voce dell'Autrice, ma che nello stesso tempo ha rischiato e forse rischia tuttora di umiliarne la statura al livello della più scontata *confessional poetry* o addirittura di poetessa ufficiale del *Women's Lib.* (che nel 1963 non esisteva ancora).

Bisogna dire invece che la poesia di Sylvia Plath continua a rivelarsi in tutta la sua durevole vitalità, *nonostante* e *malgrado* questi fattori estranei che ne hanno aiutato la diffusione e la notorietà, compresa fra essi l'evidente immediatezza autobiografica, la violenza di sfogo, che distingue i versi della sua estrema stagione.

Ma, a destinare questi componimenti al novero delle poesie che resteranno e a riscattarne l'impetuosa passionalità su quel piano di forma artistica dove anche il poeta che dice « io » parla in definitiva di un'altra persona, di una fra le molte o poche maschere di se stesso, fu in Sylvia Plath una ferrea disciplina della parola perseguita in anni di severo esercizio e decisiva poi nel consentirle di governare con una impassibilità da chirurgo e insieme al di là di ogni inibizione bellettristica la sconvolgente esperienza del suo finale conoscersi e riconoscersi. Certo ogni poeta paga la sua poesia, anche quando sia voce di una sua maschera; è possibile che anche una maschera abbia la sua sorte e trascini in essa, nel suo buio, il volto umano che gli sta dietro.

Resta la scrittura, che per il traduttore (così come per il lettore in generale) è il primo riferimento attendibile e obbligato; un secondo riferimento, ma da assumere con estrema cautela, sarà il risultato del suo incontro con questa scrittura, una certa immagine dell'Autore che ne nasce e che tuttavia dovrà continuamente verificarsi e correggersi eventualmente sul testo; vengono poi i riferimenti critici (ossia i risultati di incontri fra altri lettori e la scrittura dell'autore) il cui valore orientativo può essere notevole, ma non certo assoluto.

Dovrei dire (credo) come mi sono comportato nei confronti di tutti questi riferimenti: mi sembra di essermi comportato nel modo più impersonale possibile, imponendomi col procedere del lavoro una crescente misura di passività e un crescente abbandono dell'immagine un po' mitica che di Sylvia Plath mi ero andato formando nell'osservarla (per così dire) da lontano, nell'aura un po' patetica, un po' giornalistica, del suo « caso » e sotto la pressione, gentilmente e tragicamente ricattatoria, del personaggio.

Tutto ciò (e quanto di positivo ne risulterà alla traduzione) non intendo ascriverlo a mio merito, ma soprattutto a merito del testo e in definitiva della qualità poetica dell'Autrice: non credo molto alla leggenda del traduttore (e specialmente del traduttore che sia un poeta) che « fa proprio » il testo tradotto, anche se ciò può darsi, per ragioni difficilmente precisabili, in alcuni rari casi; credo piuttosto nella concreta possibilità del traduttore esperto dell'esercizio della poesia di mettere al servizio del testo la sua esperienza di facitore di versi, il suo essere in grado più di altri di capire quel che succede nella lingua poetica e pertanto di proiettare nella traduzione alcuni caratteri fondamentali del testo originale. La passività di cui accennavo è a tal fine una condizione, a mio parere, inderogabile e tanto più potrà essere indotta nel traduttore quanto più incisivo, libero da fronzoli culturalistici, è il testo che gli si presenta.

Credo anche (almeno sulla base di quanto mi è successo con queste poesie) che sia necessaria una qualche dose di svogliatezza: dopo un iniziale entusiasmo, forse eccessivo e dunque ingiustificato, mi ero quasi pentito di avere assunto l'impegno della traduzione che, completata con relativa rapidità in una prima stesura, è stata messa a punto con molta lentezza e a diversi intervalli. Ma il raffreddamento degli entusiasmi è stato, in qualche modo, salutare, se mi ha consentito un maggiore rispetto dell'originale e soprattutto una maggiore attenzione alle caratteristiche preminenti che segnarono la maturazione della poesia plathiana: prima fra esse la progressiva e, nelle poesie degli ultimi anni, sempre più definita conquista di un'espressione priva di quelle mediazioni letterarie (un po' da *genteel tradition*, ovviamente aggiornata) che risultano invece presenti nella stagione iniziale di *The Colossus*. Ma superare in poesia la mediazione letteraria non significa (come per certi ingenui e muscolosi « guastatori ») un semplice e rozzo abolirla e avvicendargli un'anticonvenzione altrettanto convenzionale, bensì (come nel caso della Plath e di ogni altro autentico poeta) sottometterla alle esigenze dell'espressione, renderla innocua, *ironizzarla*, rovesciando il tradizionale (nei cattivi poeti e nei non poeti) rapporto alienante tra modello istituzionale ed espressione, in modo che non la seconda nel primo, ma questo in quella ne risulti alienato.

In questo senso dovremo considerare nella Plath (preferisco sempre riferirmi alla sua fase più matura che è qui largamente esemplificata) il frequente ricorso a forme metriche (strofiche) apparentemente chiuse e, più ancora, un certo uso esasperato della rima in tutte le sue possibili manifestazioni (imperfette, povere, allitterative) a cui la lingua inglese invita spesso e volentieri; la rima plathiana, come quella di parecchi bravi poeti contemporanei, è insomma una rima *ironica* e, come tale, si sottrae al suo ruolo istituzionale per evolvere piuttosto in principio di struttura, in scelta deliberata all'interno della lingua poetica propria dell'autore: per questo, quando ciò è stato possibile senza forzare, ho cercato di rispettarla o, in qualche modo, di proiettarne nella traduzione un equivalente. Senza la rima, sia detto a titolo di esempio, una bellissima poesia come « *Daddy* » (Papà) risulterebbe infatti estremamente impoverita anche al livello semantico-lessicale ossia, in parole più povere, del cosiddetto « contenuto »; e altrettanto valga per il suo ritmo giambico, che la prosodia italiana consente di rendere solo in modo imperfetto.

Ma non è solo nel rapporto con gli istituti che la Plath affranca la sua lingua poetica dall'alienazione letteraria; perché, se a questo livello la trasgressione si manifesta come finto ossequio, al livello lessicale essa avviene in modo assai più diretto, non tanto con l'assunzione gratuita di parole considerate poco « poetiche » (in verità nessuna parola è in sé più o meno « poetica » di un'altra), ma col tenace perseguimento dell'espressione precisa che nel poeta ispirato (ossia con « qualcosa da dire ») è più il risultato di una interiore necessità che non un'astratta normativa di poetica (o, detto diversamente: il poeta con « qualcosa da dire » non può altro che perseguire l'espressione precisa). Ciò potrebbe a prima vista complicare il compito del traduttore; invece non è così, perché diventando un fattore costitutivo fondamentale della lingua poetica propria dell'autore, l'esattezza dell'originale convoglia l'esattezza della traduzione, il traduttore si rende conto che non deve e non può sottrarsi a certi passaggi obbligati.

Non so fino a qual punto questi miei buoni propositi *a posteriori* risultino rispettati nel mio lavoro: vorrei dire, senza minimamente sentirmi nel patetico, che ho lavorato al servizio di queste poesie, senza nessuna pretesa o tentazione di « reinterpretarle » secondo un mio gusto personale di autore. I poeti come Sylvia Plath non solo non hanno bisogno di queste sovrapposizioni, ma le rifiutano decisamente, anzi ne fanno piazza pulita con la forza stesso del testo al quale (perché lontani o sconosciuti o morti) in definitiva si riducono. Sylvia Plath non è stata per me né una faccia, né una voce, né una figura che cammina; è come un classico remoto, è le pagine dei suoi libri. Quel che ho potuto prestargli nel rendere in italiano una scelta dei suoi versi è solo, come ripeto, la consapevolezza ormai acquisita di quel che succede nel farsi di una poesia; ho cercato, insomma, di indovinare la nascita e il crescere di questi versi che avevo scelto, anche in taluni casi secondo il criterio di una maggiore o minore traducibilità. Così non ho ritenuto che toccasse a me tenere un discorso sulla poesia della Plath in generale; posso sperare di avere almeno suggerito, con le traduzioni, quel che ne penso e ne sento.

Giovanni Giudici

LADY LAZARUS E ALTRE POESIE

from ARIEL

da ARIEL

THE COURIERS

The word of a snail on the plate of a leaf?
It is not mine. Do not accept it.

Acetic acid in a sealed tin?
Do not accept it. It is not genuine.

A ring of gold with the sun in it?
Lies. Lies and a grief.

Frost on a leaf, the immaculate
Cauldron, talking and crackling

All to itself on the top of each
Of nine black Alps.

A disturbance in mirrors,
The sea shattering its grey one –

Love, love, my season.

I CORRIERI

Parola di lumaca sul niente di una foglia?
Non è la mia. Non ti fidare.

Acido acetico in latta sigillata?
Non ti fidare. È roba adulterata.

Un anello d'oro con dentro il sole?
Bugie. Bugie e dolore.

Gelo su una foglia, l'immacolato
Cratere, parlante e sfrigolante

Tutto per sé sulla vetta di ognuna
Di nove nere Alpi.

Un tumulto di specchi, e il mare che frantuma
Il suo, grigio – o mia

Stagione, amore.

SHEEP IN FOG

The hills step off into whiteness
People or stars
Regard me sadly, I disappoint them.

The train leaves a line of breath.
O slow
Horse the colour of rust,

Hooves, dolorous bells –
All morning the
Morning has been blackening,

A flower left out.
My bones hold a stillness, the far
Fields melt my heart.

They threaten
To let me through to a heaven
Starless and fatherless, a dark water.

THE APPLICANT

First, are you our sort of a person?
Do you wear
A glass eye, false teeth or a crutch,
A brace or a hook,
Rubber breasts or a rubber crotch,

Stitches to show something's missing? No, no? Then
How can we give you a thing?

PECORELLA NELLA NEBBIA

Le colline sconfinano in bianchezza.
Persone o stelle
Mi guardano con tristezza, le deludo.

Il treno lascia una linea di respiro.
O lento
Cavallo colore della ruggine,

Zoccoli, dolenti campane –
Per tutta la mattina la
Mattina si è andata annerando.

Un fiore trascurato.
Le mie ossa hanno requie, i campi
Lontani mi sciolgono il cuore.

Minacciano
Di assumermi fino a un cielo
Senza stelle né padre, acqua buia.

L'ASPIRANTE

Prima di tutto ce li hai i requisiti?
Ce l'hai
Un occhio di vetro, denti finti o una gruccia,
Un tirante o un uncino,
Seni di gomma, inguine di gomma,

Rattoppi a qualcosa che manca? Ah
No? E allora che mai possiamo darti?

Stop crying.
Open your hand.
Empty? Empty. Here is a hand

To fill it and willing
To bring teacups and roll away headaches
And do whatever you tell it.
Will you marry it?
It is guaranteed

To thumb shut your eyes at the end
And dissolve of sorrow.
We make new stock from the salt.
I notice you are stark naked.
How about this suit –

Black and stiff, but not a bad fit.
Will you marry it?
It is waterproof, shatterproof, proof
Against fire and bombs through the roof.
Believe me, they'll bury you in it.

Now your head, excuse me, is empty.
I have the ticket for that.
Come here, sweetie, out of the closet.
Well, what do you think of *that*?
Naked as paper to start

But in twenty-five years she'll be silver,
In fifty, gold.
A living doll, everywhere you look.
It can sew, it can cook,
It can talk, talk, talk.

Smetti di piangere.
Apri la mano.
Vuota? Vuota. Ma ecco una mano

Che la riempie, disposta
A porgere tazze di tè e sgominare emicranie,
E a fare ogni cosa che gli dirai.
La vorresti sposare?
È garantita,

Ti tapperà gli occhi alla fine della vita
E del dolore.
Con quel sale ci rinnoviamo le scorte.
Vedo che sei nuda come un verme.
Che te ne pare di questo vestito –

Un po' rigido e nero, ma niente male.
Lo vorresti sposare?
È impermeabile, infrantumabile, abile
Contro il fuoco e imbombardabile.
Credi a me, ti ci farai sotterrare.

E adesso, scusa, hai vuota la testa.
Ho la cosa che fa per te.
Su, su, carina, esci fuori dal guscio.
Ecco, ti piace *questa*?
Nuda per cominciare come una pagina bianca

Ma in venticinqu'anni d'argento,
D'oro in cinquanta, potrà diventare.
Una bambola viva, sotto ogni aspetto.
Sa cucire, sa cucinare,
Sa parlare, parlare, parlare.

It works, there is nothing wrong with it.
You have a hole, it's a poultice.
You have an eye, it's an image.
My boy, it's your last resort.
Will you marry it, marry it, marry it.

LADY LAZARUS

I have done it again.
One year in every ten
I manage it –

A sort of walking miracle, my skin
Bright as a Nazi lampshade,
My right foot

A paperweight,
My face a featureless, fine
Jew linen.

Peel off the napkin
O my enemy.
Do I terrify? –

The nose, the eye pits, the full set of teeth?
The sour breath
Will vanish in a day.

Soon, soon the flesh
The grave cave ate will be
At home on me

E funziona, non ha una magagna.
Qua c'è un buco, che è una manna.
Qua un occhio, una vera visione.
Ragazzo mio, è l'ultima occasione.
La vorresti sposare, sposare, sposare?

LADY LAZARUS

L'ho rifatto.
Un anno ogni dieci
Ci riesco –

Una specie di miracolo ambulante, la mia pelle
Splendente come un paralume nazi,
Un fermacarte il mio

Piede destro,
La mia faccia un anonimo, perfetto
Lino ebraico.

Via il drappo,
O mio nemico!
Faccio forse paura? –

Il naso, le occhiaie, la chiostra dei denti?
Il fiato puzzolente
In un giorno svanirà.

Presto, ben presto la carne
Che il sepolcro ha mangiato si sarà
Abituata a me

And I a smiling woman.
I am only thirty.
And like the cat I have nine times to die.

This is Number Three.
What a trash
To annihilate each decade.

What a million filaments.
The peanut-crunching crowd
Shoves in to see

Them unwrap me hand and foot –
The big strip tease.
Gentlemen, ladies,

These are my hands,
My knees.
I may be skin and bone,

Nevertheless, I am the same, identical woman.
The first time it happened I was ten.
It was an accident.

The second time I meant
To last it out and not come back at all.
I rocked shut

As a seashell.
They had to call and call
And pick the worms off me like sticky pearls.

Dying
Is an art, like everything else.

E io sarò una donna che sorride.
Non ho che trent'anni.
E come il gatto ho nove vite da morire.

Questa è la Numero Tre.
Quale ciarpame
Da far fuori a ogni decennio.

Che miriade di filamenti.
La folla sgranocchiante noccioline
Si accalca per vedere

Che mi sbendano mano e piede –
Il grande spogliarello.
Signori e signore, ecco qui

Le mie mani,
I miei ginocchi.
Sarò anche pelle e ossa,

Ma pure sono la stessa, identica donna.
La prima volta successe che avevo dieci anni.
Fu un incidente.

Ma la seconda volta ero decisa
A insistere, a non recedere assolutamente.
Mi dondolavo chiusa

Come conchiglia.
Dovettero chiamare e chiamare
E staccarmi via i vermi come perle appiccicose.

Morire
È un'arte, come ogni altra cosa.

I do it exceptionally well.

I do it so it feels like hell.
I do it so it feels real.
I guess you could say I've a call.

It's easy enough to do it in a cell.
It's easy enough to do it and stay put.
It's the theatrical

Comeback in broad day
To the same place, the same face, the same brute
Amused shout:

« A miracle! »
That knocks me out.
There is a charge

For the eyeing of my scars, there is a charge
For the hearing of my heart –
It really goes.

And there is a charge, a very large charge,
For a word or a touch
Or a bit of blood

Or a piece of my hair or my clothes.
So, so, Herr Doktor.
So, Herr Enemy.

I am your opus,
I am your valuable,
The pure gold baby

Io lo faccio in un modo eccezionale.

Io lo faccio che sembra come inferno.
Io lo faccio che sembra reale.
Ammetterete che ho la vocazione.

È facile abbastanza da farlo in una cella.
È facile abbastanza da farlo e starsene lì.
È il teatrale

Ritorno in pieno giorno
A un posto uguale, uguale viso, uguale
Urlo divertito e animale:

« Miracolo! »
È questo che mi ammazza.
C'è un prezzo da pagare

Per spiare
Le mie cicatrici, per auscultare
Il mio cuore – eh sì, batte.

E c'è un prezzo, un prezzo molto caro,
Per una toccatina, una parola,
O un po' del mio sangue

O di capelli o un filo dei miei vestiti.
Eh sì, Herr Doktor.
Eh sì, Herr Nemico.

Sono il vostro opus magnum.
Sono il vostro gioiello,
Creatura d'oro puro

That melts to a shriek.
I turn and burn.
Do not think I underestimate your great concern.

Ash, ash –
You poke and stir.
Flesh, bone, there is nothing there –

A cake of soap,
A wedding ring,
A gold filling.

Herr God, Herr Lucifer,
Beware
Beware.

Out of the ash
I rise with my red hair
And I eat men like air.

TULIPS

The tulips are too excitable, it is winter here.
Look how white everything is, how quiet, how snowed-in.
I am learning peacefulness, lying by myself quietly
As the light lies on these white walls, this bed, these hands.
I am nobody; I have nothing to do with explosions.
I have given my name and my day-clothes up to the nurses
And my history to the anaesthetist and my body to surgeons.

They have propped my head between the pillow and the
    sheet-cuff

Che a uno strillo si liquefà.
Io mi rigiro e brucio.
Non crediate che io sottovaluti le vostre ansietà.

Cenere, cenere –
Voi attizzate e frugate.
Carne, ossa, non ne trovate –

Un pezzo di sapone,
Una fede nuziale,
Una protesi dentale.

Herr Dio, Herr Lucifero,
Attento,
Attento.

Dalla cenere io rinvengo
Con le mie rosse chiome
E mangio uomini come aria di vento.

TULIPANI

I tulipani sono troppo eccitabili, qui è inverno.
Guarda com'è tutto bianco, tutto quieto e innevato.
Sto imparando la pace, da me quietamente posando
Come posa la luce su questi muri bianchi, questo letto,
 queste mani.
Io non sono nessuno; non c'entro con le esplosioni.
Ho dato il mio nome e i miei vestiti alle infermiere
E all'anestesista la mia storia e ai chirurghi il mio corpo.

Tra guanciale e risvolto del lenzuolo han puntellata la mia
 testa

Like an eye between two white lids that will not shut.
Stupid pupil, it has to take everything in.
The nurses pass and pass, they are no trouble,
They pass the way gulls pass inland in their white caps,
Doing things with their hands, one just the same as another,
So it is impossible to tell how many there are.

My body is a pebble to them, they tend it as water
Tends to the pebbles it must run over, smoothing them gently.
They bring me numbness in their bright needles, they bring
me sleep.
Now I have lost myself I am sick of baggage –
My patent leather overnight case like a black pillbox,
My husband and child smiling out of the family photo;
Their smiles catch onto my skin, little smiling hooks.

I have let things slip, a thirty-year-old cargo boat
Stubbornly hanging on to my name and address.
They have swabbed me clear of my loving associations.
Scared and bare on the green plastic-pillowed trolley
I watched my tea-set, my bureaus of linen, my books
Sink out of sight, and the water went over my head.
I am a nun now, I have never been so pure.

I didn't want any flowers, I only wanted
To lie with my hands turned up and be utterly empty.
How free it is, you have no idea how free –
The peacefulness is so big it dazes you,
And it asks nothing, a name tag, a few trinkets.
It is what the dead close on, finally; I imagine them
Shutting their mouths on it, like a Communion tablet.

The tulips are too red in the first place, they hurt me.
Even through the gift paper I could hear them breathe

Come un occhio tra due palpebre bianche che non si
chiuderanno.
Stupida pupilla, tutto deve sorbirsi.
Le infermiere passano e ripassano, non disturbano,
Passano come gabbiani all'entroterra nelle loro cuffie bianche,
Con mani affaccendate, identiche l'una all'altra,
Così che è impossibile contare quante sono.

Per loro il mio corpo è un ciottolo, vi attendono come l'acqua
Tende ai ciottoli sui quali deve scorrere, gentilmente
levigandoli.
Mi portano il torpore nei loro lucenti aghi, mi portano il
sonno.
Adesso ho perduto me stessa sono stufa di fardelli –
La mia ventiquattrore di pelle come un nero portapillole,
Mio marito e il bambino sorridenti dalla foto di famiglia;
Mi agganciano la pelle i loro sorrisi, sorridenti ami.

Ho gettato cose a mare, io cargo di trent'anni
Testardamente attaccata al mio nome e indirizzo.
Hanno passato una spugna sui miei affetti.
Impaurita e nuda sulla verde barella plasticata
Ho guardato la mia teiera, i miei portapanni, i miei libri
Sparire affondando e l'acqua si è chiusa sul mio capo.
Sono una monaca adesso, non sono mai stata così pura.

Io non volevo fiori, volevo solamente
Giacere a palme riverse ed essere tutta vuota.
Come si è liberi, liberi da non credersi.
La pace è così grande che abbaglia,
E non chiede nulla, un'etichetta col nome, pochi aggeggi.
È il finale a cui approdano i morti; me li figuro
Inghiottirselo come un'ostia da comunione.

Lightly, through their white swaddlings, like an awful baby.
Their redness talks to my wound, it corresponds.
They are subtle: they seem to float, though they weigh me
down,
Upsetting me with their sudden tongues and their colour,
A dozen red lead sinkers round my neck.

Nobody watched me before, now I am watched.
The tulips turn to me, and the window behind me
Where once a day the light slowly widens and slowly thins,
And I see myself, flat, ridiculous, a cut-paper shadow
Between the eye of the sun and the eyes of the tulips,
And I have no face, I have wanted to efface myself.
The vivid tulips eat my oxygen.

Before they came the air was calm enough,
Coming and going, breath by breath, without any fuss.
Then the tulips filled it up like a loud noise.
Now the air snags and eddies round them the way a river
Snags and eddies round a sunken rust-red engine.
They concentrate my attention, that was happy
Playing and resting without committing itself.

The walls, also, seem to be warming themselves.
The tulips should be behind bars like dangerous animals;
They are opening like the mouth of some great African cat,
And I am aware of my heart: it opens and closes
Its bowl of red blooms out of sheer love of me.
The water I taste is warm and salt, like the sea,
And comes from a country far away as health.

I tulipani sono troppo rossi, mi fanno male.
Anche sotto la carta li sentivo respirare
Lievi, sotto la bianca fasciatura, come un bebè mostruoso.
La loro rossezza parla alla mia ferita, gli risponde.
E sono infidi: sembrano galleggiare, benché mi tirano giù,
Sconvolgendomi con le loro lingue imprevedute e il colore,
Dozzina di rossi piombi intorno al mio collo.

Nessuno mi sorvegliava, adesso sono sorvegliata.
A me i tulipani si volgono e dietro me alla finestra
Dove una volta al giorno si allarga e si assottiglia la luce
E io mi vedo, piatta buffa ombra di pupazzo ritagliato
Fra l'occhio del sole e gli occhi dei tulipani,
E non ho faccia, ho voluto cancellarmi.
I vividi tulipani divorano il mio ossigeno.

Prima del loro arrivo l'aria era calma abbastanza,
Andava e veniva, respiro su respiro, senza trambusto.
Poi loro l'hanno riempita come un gran chiasso.
Adesso l'aria si rompe e vortica quale un fiume
Si rompe e vortica su una macchina affondata rossa di
    ruggine.
Concentrano la mia attenzione che era prima felice
Di giocare e riposare senza impegnarsi.

Le pareti, anche loro, sembrano riscaldarsi.
I tulipani dovrebbero stare in gabbia come bestie feroci;
Si aprono come la bocca di un grande felino africano
E io mi accorgo del mio cuore che apre e chiude
La sua ampolla di rossi bocci per puro amore di me.
L'acqua che assaggio è calda e salata, come il mare,
E viene da un paese lontanissimo come la salute.

POPPIES IN OCTOBER

Even the sun-clouds this morning cannot manage such skirts.
Nor the woman in the ambulance
Whose red heart blooms through her coat so astoundingly –

A gift, a love gift
Utterly unasked for
By a sky

Palely and flamily
Igniting its carbon monoxides, by eyes
Dulled to a halt under bowlers.

O my God, what am I
That these late mouths should cry open
In a forest of frost, in a dawn of cornflowers.

ARIEL

Stasis in darkness.
Then the substanceless blue
Pour of tor and distances.

God's lioness,
How one we grow,
Pivot of heels and knees! – The furrow

Splits and passes, sister to
The brown arc
Of the neck I cannot catch,

PAPAVERI IN OTTOBRE

Nemmeno le nubi assolate possono fare stamane
Gonne così. Né la donna in ambulanza,
Il cui rosso cuore sboccia prodigioso dal mantello –

Dono, dono d'amore
Del tutto non sollecitato
Da un cielo

Che in un pallore di fiamma accende i suoi
Ossidi di carbonio, da occhi
Sbigottiti e sbarrati sotto cappelli a bombetta.

O Dio, chi sono mai
Io da far spalancare in un grido queste tarde bocche
In una foresta di gelo, in un'alba di fiordalisi.

ARIEL

Stasi nel buio. Poi
L'insostanziale azzurro
Versarsi di vette e distanze.

Leonessa di Dio,
Come in una ci evolviamo,
Perno di calcagni e ginocchi! – La ruga

S'incide e si cancella, sorella
Al bruno arco
Del collo che non posso serrare,

Nigger-eye
Berries cast dark
Hooks –

Black sweet blood mouthfuls,
Shadows.
Something else

Hauls me through air –
Thighs, hair;
Flakes from my heels.

White
Godiva, I unpeel –
Dead hands, dead stringencies.

And now I
Foam to wheat, a glitter of seas.
The child's cry

Melts in the wall.
And I
Am the arrow,

The dew that flies
Suicidal, at one with the drive
Into the red

Eye, the cauldron of morning.

Bacche
Occhiodimoro oscuri
Lanciano ami –

Boccate di un nero dolce sangue,
Ombre.
Qualcos'altro

Mi tira su nell'aria –
Cosce, capelli;
Dai miei calcagni si squama.

Bianca
Godiva, mi spoglio –
Morte mani, morte stringenze.

E adesso io
Spumeggio al grano, scintillìo di mari.
Il pianto del bambino

Nel muro si liquefà.
E io
Sono la freccia,

La rugiada che vola
Suicida, in una con la spinta
Dentro il rosso

Occhio, cratere del mattino.

DEATH & CO.

Two, of course there are two.
It seems perfectly natural now –
The one who never looks up, whose eyes are lidded
And balled, like Blake's,
Who exhibits

The birthmarks that are his trademark –
The scald scar of water,
The nude
Verdigris of the condor.
I am red meat. His beak

Claps sidewise: I am not his yet.
He tells me how badly I photograph.
He tells me how sweet
The babies look in their hospital
Icebox, a simple

Frill at the neck,
Then the flutings of their Ionian
Death-gowns,
Then two little feet.
He does not smile or smoke.

The other does that,
His hair long and plausive.
Bastard
Masturbating a glitter,
He wants to be loved.

I do not stir.
The frost makes a flower,

MORTE & C.

Due, sì, sono in due.
Sembra perfettamente naturale ora –
Quello che mai guarda in su, dagli occhi semichiusi
E a palla, come Blake,
Quello che ostenta

I segni ereditari del suo marchio –
La cicatrice da ustione di acqua bollente,
Il nudo
Verderame del condor.
Io sono carne al sangue. Ciak-ciak,

Batte sghembo il suo becco: ancora non mi ha.
Mi dice come fotografo male.
Mi dice di quanta dolcezza
Appaiono i bebè nella loro ospitale
Ghiacciaia, con al collo

Una semplice trina
E poi i drappeggi delle loro ioniche
Tuniche funebri
E infine i piccoli piedi.
Non sorride, non fuma.

L'altro sì, invece,
Dai lunghi plaudenti capelli.
Bastardo
Masturbante un brillìo,
Vuole essere amato.

Sto immobile.
Il gelo fa un fiore,

The dew makes a star,
The dead bell,
The dead bell.

Somebody's done for.

LESBOS

Viciousness in the kitchen!
The potatoes hiss.
It is all Hollywood, windowless,
The fluorescent light wincing on and off like a terrible
    migraine,
Coy paper strips for doors –
Stage curtains, a widow's frizz.
And I, love, am a pathological liar,
And my child – look at her, face down on the floor,
Little unstrung puppet, kicking to disappear –
Why she is schizophrenic,
Her face red and white, a panic,
You have stuck her kittens outside your window
In a sort of cement well
Where they crap and puke and cry and she can't hear.
You say you can't stand her,
The bastard's a girl.
You who have blown your tubes like a bad radio
Clear of voices and history, the staticky
Noise of the new.
You say I should drown the kittens. Their smell!
You say I should drown my girl.
She'll cut her throat at ten if she's mad at two.
The baby smiles, fat snail,

La rugiada fa una stella,
La campanella,
La campanella dei morti.

Qualcuno se n'è andato.

LESBO

Perversità in cucina!
Sibila il bollitore.
È tutto un Hollywood, senza finestre,
La luce fluorescente ha crampi d'emicrania,
Al posto delle porte pudiche strisce di carta –
Tendine finte di scena, una frangetta da vedova.
E io sono, amor mio, una bugiarda patologica,
E la mia bambina – eccola, a faccia in giù sul pavimento,
Marionetta senza più fili che scalcia per sparire –
È proprio schizofrenica,
Panico è la sua faccia rossa e bianca,
Le hai sbattuti i gattini fuori della finestra
In una specie di pozzo di cemento
Dove lei non li sente che cacano e vomitano e frignano.
Tu dici che non la sopporti,
Bastarda d'una bambina.
Tu che hai bruciato le tue valvole come una radio di scarto,
Libera da voci e da storia, i rumori
Di disturbo del nuovo.
Dici che quei gattini dovrei affogarli. Che puzza!
E affogare anche la bambina.
Se è matta a due anni, a dieci si taglia la gola.
Il pupo sorride, lumacone paffuto,
Dalle lustre losanghe del linoleum arancione.

From the polished lozenges of orange linoleum.
You could eat him. He's a boy.
You say your husband is just no good to you.
His Jew-Mama guards his sweet sex like a pearl.
You have one baby, I have two.
I should sit on a rock off Cornwall and comb my hair.
I should wear tiger pants, I should have an affair.
We should meet in another life, we should meet in air,
Me and you.

Meanwhile there's a stink of fat and baby crap.
I'm doped and thick from my last sleeping pill.
The smog of cooking, the smog of hell
Floats our heads, two venomous opposites,
Our bones, our hair.
I call you Orphan, orphan. You are ill.
The sun gives you ulcers, the wind gives you T.B.
Once you were beautiful.
In New York, in Hollywood, the men said: « Through?
Gee baby, you are rare ».
You acted, acted, acted for the thrill.
The impotent husband slumps out for a coffee.
I try keep him in,
An old pole for the lightning,
The acid baths, the skyfuls off of you.
He lumps it down the plastic cobbled hill,
Flogged trolley. The sparks are blue.
The blue sparks spill,
Splitting like quartz into a million bits.

O jewel! O valuable!
That night the moon

Roba da mangiarselo. È un maschio.
Dici che tuo marito non vale un fico secco.
La sua mammona ebrea gli sta di guardia al sesso come a
una perla.
Tu hai un bambino, io ne ho due.
Seduta su uno scoglio in Cornovaglia dovrei pettinarmi le
chiome.
Vestirmi da tigre. Avere una relazione.
Dovremmo incontrarci nell'aria, in altra vita e situazione,
Io e te.

Intanto c'è un fetore di grasso e cacca d'infante.
Io sono drogata e intontita dall'ultimo tranquillante.
Fumo di pentole, fumo d'inferno,
Sommerge le nostre teste, due opposti velenosi,
Le nostre ossa, i capelli.
Ti chiamo Orfana, orfana. Stai male.
Il sole ti dà piaghe, il vento tbc.
Com'eri bella un dì.
A Hollywood, a New York, ti dicevano gli uomini: « Ehi
pupa
Sei uno schianto! Sei venuta? ».
Tu fingevi, fingevi, per dargli il nonsocché.
L'impotente marito si avvia fuori al caffè.
Tento di farlo restare,
Vecchio parafulmine da parare
I bagni d'acido, i cieli-in-piena riversantisi da te.
Greve lui scende il pendìo di plastica acciottolato,
Scassato tram che manda scintille blu.
Le scintille piovono giù
In milioni di pezzetti come quarzo frantumato.

O gioia! O tesoro!
Quella notte la luna

Dragged its blood bag, sick
Animal
Up over the harbor lights.
And then grew normal,
Hard and apart and white.
The scale-sheen on the sand scared me to death.
We kept picking up handfuls, loving it,
Working it like dough, a mulatto body,
The silk grits.
A dog picked up your doggy husband. He went on.

Now I am silent, hate
Up to my neck,
Thick, thick.
I do not speak.
I am packing the hard potatoes like good clothes,
I am packing the babies,
I am packing the sick cats.
O vase of acid,
It is love you are full of. You know who you hate.
He is hugging his ball and chain down by the gate
That opens to the sea
Where it drives in, white and black,
Then spews it back.
Every day you fill him with soul-stuff, like a pitcher.
You are so exhausted.
Your voice my ear-ring,
Flapping and sucking, blood-loving bat.
That is that. That is that.
You peer from the door,
Sad hag. « Every woman's a whore.
I can't communicate. »

I see your cute décor

Trainava il suo sacco di sangue, stracco
Animale
Sopra le luci della laguna.
E poi diventò normale,
Dura e netta e bianca.
Il luccichìo di scaglie sulla sabbia m'impauriva da morire.
Ne prendemmo a manciate, l'amavamo,
Plasmandola come pasta, un corpo di mulatto,
In seriche focaccine.
Un cane si attaccò a quel poveraccio
Di tuo marito, e lui tirò avanti.

Ora taccio, tutta odio,
Fino al collo, fin qui,
D'uno spessore così.
Come vestiti buoni impacco le dure patate.
Impacco i bambini.
Impacco i gattini malati.
O vaso di acido,
Tu sei colma d'amore. E lo sai chi tu odî.
Con la sua palla al piede lui va al cancello
Che dà sul mare
E il mare ci va dentro, bianco e nero,
E il cancello lo risputa intero.
Riempi lui ogni giorno di spiritualità
Come una brocca. E non ce la fai più.
La tua voce è un mio orecchino,
Sbatte e succhia, sanguinario pipistrello.
È proprio quello. È quello.
Tu sbirci, stanca ciabatta,
Dalla porta. « Ogni donna è una vacca.
Comunicar non si può. »

Vedo tutto il tuo lindo perbenino

Close on you like the fist of a baby
Or an anemone, that sea
Sweetheart, that kleptomaniac.
I am still raw.
I say I may be back.
You know what lies are for.

Even in your Zen heaven we shan't meet.

GULLIVER

Over your body the clouds go
High, high and icily
And a little flat, as if they

Floated on a glass that was invisible.
Unlike swans,
Having no reflections;

Unlike you,
With no strings attached.
All cool, all blue. Unlike you –

You, there on your back,
Eyes to the sky.
The spider-men have caught you,

Winding and twining their petty fetters,
Their bribes –
So many silks.

How they hate you.

Che ti si chiude addosso come un pugno di bambino
O un anemone, quello spasimante
Del mare, quel cleptomane.
Io sono ancora cruda.
Ma ti dico che forse tornerò.
Lo sai bene a che servono le bugie.

Nemmeno nel tuo cielo Zen t'incontrerò.

GULLIVER

Alte sopra il tuo corpo vanno le nuvole,
Alte e gelidamente
E un po' piatte, come se

Fluttuanti su un vetro ma invisibile.
Senza riflessi,
A differenza dei cigni;

A differenza di te,
Senza addosso alcuno spago.
Tutte gelide e azzurre. A differenza di te –

Di te, là sulla tua
Schiena, con gli occhi al cielo.
Gli uomini-ragno t'han preso,

Avvolgendo e tirando i loro minuscoli ceppi
I loro tranelli –
Di seta.

Quanto ti odiano.

They converse in the valley of your fingers, they are
inchworms.
They would have you sleep in their cabinets,

This toe and that toe, a relic.
Step off!
Step off seven leagues, like those distances

That revolve in Crivelli, untouchable.
Let this eye be an eagle,
The shadow of this lip, an abyss.

GETTING THERE

How far is it?
How far is it now?
The gigantic gorilla interiors
Of the wheels move, they appal me –
The terrible brains
Of Krupp, black muzzles
Revolving, the sound
Punching out Absence! like cannon.
It is Russia I have to get across, it is some war or other.
I am dragging my body
Quietly through the straw of the boxcars.
Now is the time for bribery.
What do wheels eat, these wheels
Fixed to their arcs like gods,
The silver leash of the will –
Inexorable. And their pride!
All the gods know is destinations.
I am a letter in this slot –

Nella valle delle tue dita conversano, vermicciattoli.
Vorrebbero farti dormire nei loro stanzini,

Fare reliquie dei diti dei tuoi piedi.
Scappa via!
Scappa via sette leghe, come quelle distanze

Ricorrenti in Crivelli, inattingibili.
Di questo tuo occhio fa' un'aquila
E un abisso dell'ombra di questo labbro.

ARRIVARE LÀ

Quanto è distante?
A che distanza è adesso?
Le enormi interiora di gorilla
Delle ruote avanzano, mi fanno
Spavento – i terribili cervelli
Di Krupp, musi neri
Rotanti, il rimbombo
Che sbotta: Assenza!, come il cannone.
È una Russia che ho da attraversare, una guerra.
Piano piano il mio corpo
Trascino su una paglia di carri bestiame.
È adesso il momento per corrompere.
Cosa mangiano le ruote, queste ruote
Fissate ai loro archi come iddii,
Il guinzaglio argenteo del volere –
Inesorabilmente. E che superbia!
Gli dei conoscono solo destinazioni.
Io sono una lettera infilata in questa buca –

I fly to a name, two eyes.
Will there be fire, will there be bread?
Here there is such mud.
It is a trainstop, the nurses
Undergoing the faucet water, its veils, veils in a nunnery,
Touching their wounded,
The men the blood still pumps forward,
Legs, arms piled outside
The tent of unending cries –
A hospital of dolls.
And the men, what is left of the men
Pumped ahead by these pistons, this blood
Into the next mile,
The next hour –
Dynasty of broken arrows!
How far is it?
There is mud on my feet,
Thick, red and slipping. It is Adam's side,
This earth I rise from, and I in agony.
I cannot undo myself, and the train is steaming.
Steaming and breathing, its teeth
Ready to roll, like a devil's.
There is a minute at the end of it
A minute, a dewdrop.
How far is it?
It is so small
The place I am getting to, why are there these obstacles –
The body of this woman,
Charred skirts and deathmask
Mourned by religious figures, by garlanded children.
And now detonations –
Thunder and guns.
The fire's between us.
Is there no still place

Volo a un nome, a due occhi.
Ci sarà un fuoco là, ci sarà cibo?
Qui c'è un tal fango!
È una stazione, le infermiere sotto un'acqua
Di rubinetto, i suoi veli, veli di convento,
Toccano i loro feriti,
Uomini che il sangue ancora pompa in avanti,
Gambe, braccia ammucchiate fuori
Della tenda di lamenti interminabili –
Un ospedale di bambole.
E gli uomini, quel che resta degli uomini
Pompati avanti da questi stantuffi, questo sangue
Dentro il prossimo miglio,
La prossima ora –
Dinastia di frecce troncate!
Quanto è distante?
C'è fango sui miei piedi,
Spesso, rosso e sguisciante. È la parte di Adamo,
Questa terra da cui sorgo, e io in agonia.
Io non posso disfarmi e il treno sta sbuffando.
Sbuffando e sfiatando, i suoi denti
Pronti a arrotare come quelli di un diavolo.
Manca un minuto alla fine
Un minuto, un cadere di goccia.
Quanto è distante?
È così piccolo
Il luogo dove sto andando, e perché questi ostacoli –
Il corpo di questa donna,
Gonne incarbonite e maschera di morte
Vegliato da pie figure e fanciulli in ghirlanda.
E adesso detonazioni –
Tuono e cannoni.
Il fuoco ci separa.
Non c'è luogo tranquillo

Turning and turning in the middle air,
Untouched and untouchable.
The train is dragging itself, it is screaming –
An animal
Insane for the destination,
The bloodspot,
The face at the end of the flare.
I shall bury the wounded like pupas,
I shall count and bury the dead.
Let their souls writhe in a dew,
Incense in my track.
The carriages rock, they are cradles.
And I, stepping from this skin
Of old bandages, boredoms, old faces

Step to you from the black car of Lethe,
Pure as a baby.

MEDUSA

Off that landspit of stony mouth-plugs,
Eyes rolled by white sticks,
Ears cupping the sea's incoherences,
You house your unnerving head – God-ball,
Lens of mercies,

Your stooges
Plying their wild cells in my keel's shadow,
Pushing by like hearts,
Red stigmata at the very centre,
Riding the rip tide to the nearest point of departure,

Dragging their Jesus hair.

Che giri e giri a mezz'aria,
Intatto e intoccabile.
Il treno si trascina, sta urlando –
Animale
Smanioso della sua destinazione,
Macchia di sangue,
Faccia sull'estinguersi del bagliore.
Seppellirò i feriti come crisalidi,
Conterò e seppellirò i morti.
Si torcano le loro anime in una rugiada,
Incenso sulla mia strada.
Dondolano i carri, sono culle.
E io, sgusciando da questa pelle
Di vecchie bende, noie, vecchie facce

A te salgo dal nero carro di Lete,
Pura come un'infante.

MEDUSA

Là da quel promontorio di sassi tappabocca,
Occhi-palla da bianche mazze giocati,
Orecchi tesi alle incoerenze del mare,
Tu alberghi la tua snervante attesa – globo oculare
Di Dio, lente di compassioni,

E i tuoi accoliti fanno
Lavorare le loro pazze cellule all'ombra
Della mia chiglia, pulsanti come cuori,
Rosse stigmate proprio al centro,
Correndo il risucchio al più vicino punto di partenza,

Tirando i loro capelli alla Gesù.

Did I escape, I wonder?
My mind winds to you
Old barnacled umbilicus, Atlantic cable,
Keeping itself, it seems, in a state of miraculous repair.

In any case, you are always there,
Tremulous breath at the end of my line,
Curve of water upleaping
To my water rod, dazzling and grateful,
Touching and sucking.

I didn't call you.
I didn't call you at all.
Nevertheless, nevertheless
You steamed to me over the sea,
Fat and red, a placenta

Paralyzing the kicking lovers.
Cobra light
Squeezing the breath from the blood bells
Of the fuchsia. I could draw no breath,
Dead and moneyless,

Overexposed, like an X-ray.
Who do you think you are?
A Communion wafer? Blubbery Mary?
I shall take no bite of your body,
Bottle in which I live,

Ghastly Vatican.
I am sick to death of hot salt.
Green as eunuchs, your wishes
Hiss at my sins.
Off, off, eely tentacle!

There is nothing between us.

L'ho scampata?, mi domando.
La mia mente volge a te
Vecchio ombelico incrostato, cavo atlantico,
Che si conserva, sembra, in un miracoloso buonostato.

Sei sempre là, in ogni caso,
Tremulo fiato al limite della mia linea,
Curva d'acqua sprizzante
Alla mia verga di rabdomante, radiosa e grata,
Che tocca e succhia.

Non t'ho chiamata.
Non ti ho chiamata proprio.
Eppure, eppure
Via mare a me sei arrivata,
Grassa e rossa, placenta

Che paralizza i riottosi amanti.
Luce di cobra
Che alle sanguigne campane della fucsia
Spreme il fiato. Non potevo prender fiato,
Morta e senza un quattrino,

Sovraesposta, come un raggio X.
Chi credi mai di essere?
Ostia da comunione? Madonna addolorata?
Non prenderò un boccone del tuo corpo,
Bottiglia nella quale

Io vivo, Vaticano spettrale.
Questo sale bollente mi nausea da morire.
Verdi eunuchi, le tue brame
Fischiano ai miei peccati.
Vade retro, anguilloso tentacolo!

Non c'è niente fra noi.

THE MOON AND THE YEW TREE

This is the light of the mind, cold and planetary.
The trees of the mind are black. The light is blue.
The grasses unload their griefs on my feet as if I were God,
Prickling my ankles and murmuring of their humility.
Fumy, spiritous mists inhabit this place
Separated from my house by a row of headstones.
I simply cannot see where there is to get to.

The moon is no door. It is a face in its own right,
White as a knuckle and terribly upset.
It drags the sea after it like a dark crime; it is quiet
With the O-gape of complete despair. I live here.
Twice on Sunday, the bells startle the sky –
Eight great tongues affirming the Resurrection.
At the end, they soberly bong out their names.

The yew tree points up. It has a Gothic shape.
The eyes lift after it and find the moon.
The moon is my mother. She is not sweet like Mary.
Her blue garments unloose small bats and owls.
How I would like to believe in tenderness –
The face of the effigy, gentled by candles,
Bending, on me in particular, its mild eyes.

I have fallen a long way. Clouds are flowering
Blue and mystical over the face of the stars.
Inside the church, the saints will be all blue,
Floating on their delicate feet over the cold pews,
Their hands and faces stiff with holiness.
The moon sees nothing of this. She is bald and wild.
And the message of the yew tree is blackness – blackness and
silence.

LA LUNA E IL CIPRESSO

Questa è la luce della memoria, fredda e planetaria.
Neri sono gli alberi della memoria, azzurra la luce.
L'erba riversa ai miei piedi, quasi io fossi Dio, le sue pene,
Pungendomi le caviglie e mormorando umiltà.
Fumosi, spiritali vapori abitano questo luogo
Che una fila di lapidi separa dalla mia casa.
Insomma, non riesco a vedere il posto che ci aspetta.

La luna non è una porta, ma precisamente una faccia
Bianca come una nocca e terribilmente sconvolta.
Attira il mare come un buio delitto, tranquilla
Nell'O della sua bocca spalancata e disperata. Io
Abito qui. La domenica due volte squassano il cielo
Le campane – otto lingue clamanti Resurrezione.
Placate, infine scandiscono i loro nomi.

Il cipresso punta in su, ha un profilo gotico.
Gli occhi seguendolo trovano la luna.
La luna è mia madre. Non è dolce come Maria.
Le sue azzurre vesti sprigionano pipistrelli e civette.
Come vorrei credere nella tenerezza –
Il volto dell'effigie, ingentilito da candele,
Chino proprio su me, i miti occhi.

Fu lunga la mia caduta. Le nuvole fioriscono
Azzurre e mistiche sulla faccia delle stelle.
Dentro la chiesa, saranno tutti azzurri i santi
Che sfiorano coi teneri piedi i freddi banchi,
Le mani e le facce rigide di santità.
Niente di ciò vede la luna, è vuota e desolata.
E il messaggio del cipresso è nerezza – nerezza e silenzio.

A BIRTHDAY PRESENT

What is this, behind this veil, is it ugly, is it beautiful?
It is shimmering, has it breasts, has it edges?

I am sure it is unique, I am sure it is just what I want.
When I am quiet at my cooking I fell it looking, I feel it
thinking

« Is this the one I am to appear for,
Is this the elect one, the one with black eye-pits and a scar?

Measuring the flour, cutting off the surplus,
Adhering to rules, to rules, to rules.

Is this the one for the annunciation?
My god, what a laugh! »

But it shimmers, it does not stop, and I think it wants me.
I would not mind if it was bones, or a pearl button.

I do not want much of a present, anyway, this year.
After all I am alive only by accident.

I would have killed myself gladly that time any possible way.
Now there are these veils, shimmering like curtains,

The diaphanous satins of a January window
White as babies' bedding and glittering with dead breath.
O ivory!

It must be a tusk there, a ghost-column.
Can you not see I do not mind what it is?

UN REGALO DI COMPLEANNO

Cosa c'è dietro questo velo, è brutto, è bello?
Luccica, ha seni, ha spigoli?

Certo è unico, certo è proprio quel che voglio.
Mentre cucino tranquilla, lo sento guardarmi e pensare

« È lei cui debbo apparire, è questa l'eletta,
Con quelle occhiaie nere e una cicatrice?

E sta dosando farina, eliminando eccedenze,
Seguendo le istruzioni, le istruzioni, le istruzioni.

È questa a cui va l'annunciazione?
Diomio, che buffo! »

Ma luccica, non smette, e credo che mi desideri.
Non me ne importerebbe se fossero ossa o un bottone.

Non ho tanta voglia di regali quest'anno.
In fondo sono viva soltanto per caso.

Sarei stata ben lieta di farcela a ammazzarmi,
Mentre ecco qui questi veli, tremuli come tendine,

I diafani *satin* di una finestra di gennaio
Dal biancore di culla, dal morto respiro. O avorio!

Sarà magari una zanna, una colonna-fantasma.
Quel che si sia, non vedi che non me ne importa?

Non puoi darmela proprio?
Non vergognarti – non me ne importa se è piccola.

Can you not give it to me?
Do not be ashamed – I do not mind if it is small.

Do not be mean, I am ready for enormity.
Let us sit down to it, one on either side, admiring the gleam,

The glaze, the mirrory variety of it.
Let us eat our last supper at it, like a hospital plate.

I know why you will not give it to me,
You are terrified

The world will go up in a shriek, and your head with it,
Bossed, brazen, an antique shield,

A marvel to your great-grandchildren.
Do not be afraid, it is not so.

I will only take it and go aside quietly.
You will not even hear me opening it, no paper crackle,

No falling ribbons, no scream at the end.
I do not think you credit me with this discretion.

If you only knew how the veils were killing my days.
To you they are only transparencies, clear air.

But my god, the clouds are like cotton.
Armies of them. They are carbon monoxide.

Sweetly, sweetly I breathe in,
Filling my veins with invisibles, with the million

Probable motes that tick the years off my life.
You are silver-suited for the occasion. O adding machine –

Niente meschinerie, l'iperbole non mi spaventa.
Sediamoci qui accanto, ammiriamone il brillìo,

La lucentezza, la specchievole varietà.
Usiamola per l'ultima cena, come un vassoio d'ospedale.

Lo so perché non mi dai questa cosa,
Hai terrore

Che il mondo esploda in un grido e con lui la tua testa,
Borchiuta, bronzea, come uno scudo antico,

Meraviglia ai tuoi pronipotini.
Niente paura, non succederà niente.

La prenderò, mi metterò buona in disparte.
Non sentirai frusciare la carta mentre la svolgo,

Niente scioglier di nastri, né gridolino finale.
Tu non mi credi, lo so, discreta fino a tal punto.

Ma tu sapessi come ammazzano i miei giorni certi veli
Che per te sono solo trasparenze, pura aria!

Invece sono, ahimè, quasi cotone le nuvole.
A eserciti. Sono ossido di carbonio.

Aspiro con dolcezza, con dolcezza,
Mi riempio le vene di invisibili, milioni

Di probabili moti che scandiscono anni di vita.
Per l'occasione indossi un vestito d'argento. O macchina

Calcolatrice – proprio niente ti sfugge!
Metti un bollo di rosso su ogni pezzetto,

Is it impossible for you to let something go and have it go
whole?
Must you stamp each piece in purple,

Must you kill what you can?
There is this one thing I want today, and only you can give
it to me.

It stands at my window, big as the sky.
It breathes from my sheets, the cold dead centre

Where spilt lives congeal and stiffen to history.
Let it not come by the mail, finger by finger.

Let it not come by word of mouth, I should be sixty
By the time the whole of it was delivered, and too numb to
use it.

Only let down the veil, the veil, the veil.
If it were death

I would admire the deep gravity of it, its timeless eyes.
I would know you were serious.

There would be a nobility then, there would be a birthday.
And the knife not carve, but enter

Pure and clean as the cry of a baby,
And the universe slide from my side.

Ammazzi tutto quel che puoi!
Solo una cosa oggi voglio e solo tu puoi darmela.

È presso la mia finestra, grande come il cielo.
Respira dai miei lenzuoli, freddo morto centro

Dove vite riverse si congelano in storia.
Non mandarla per posta, un briciolo alla volta.

Né a voce, perché arriverei a sessant'anni
Prima d'averla intera e sarei troppo ottusa per usarla.

Ma tira giù quel velo, il velo, il velo.
Se quella cosa fosse la morte

Ne ammirerei la profonda gravità, gli occhi senzatempo.
Saprei che facevi sul serio

Sarebbe allora una solennità, un vero compleanno.
E non per tagliare la torta servirebbe il coltello, ma

Come un pianto infantile puro e netto entrerebbe
A sfilar via d'accanto a me l'universo.

MARY'S SONG

The Sunday lamb cracks in its fat.
The fat
Sacrifices its opacity...

A window, holy gold.
The fire makes it precious,
The same fire

Melting the tallow heretics,
Ousting the Jews.
Their thick palls float

Over the cicatrix of Poland, burnt-out
Germany.
They do not die.

Grey birds obsess my heart,
Mouth-ash, ash of eye.
They settle. On the high

Precipice
That emptied one man into space
The ovens glowed like heavens, incandescent.

It is a heart,
This holocaust I walk in,
O golden child the world will kill and eat.

CANTO DI MARIA

L'agnello domenicale sfrìgola nel suo grasso.
Il grasso
Immola la sua opacità...

Una finestra, oro santo.
Il fuoco la fa preziosa,
Lo stesso fuoco

Che strugge sugna d'eretici
E stermina gli ebrei.
Planano i loro spessi mantelli

Sulla cicatrice della Polonia, bruciata
Germania.
Loro non muoiono.

Incalzano grigi uccellacci il mio cuore,
Bocca-cenere, cenere di occhio.
Si posano. Sull'alto

Precipizio
Che un solo uomo svuotò in spazio
I forni ardevano come cieli, incandescenti.

È un cuore
L'olocausto a cui vado,
O figlio aureo che il mondo ucciderà e mangerà.

THE RIVAL

If the moon smiled, she would resemble you.
You leave the same impression
Of something beautiful, but annihilating.
Both of you are great light borrowers.
Her O-mouth grieves at the world; yours is unaffected,

And your first gift is making stone out of everything.
I wake to a mausoleum; you are here,
Ticking your fingers on the marble table, looking for
cigarettes,
Spiteful as a woman, but not so nervous,
And dying to say something unanswerable.

The moon, too, abases her subjects,
But in the daytime she is ridicolous.
Your dissatisfactions, on the other hand,
Arrive through the mailslot with loving regularity,
White and blank, expansive as carbon monoxide.

No day is safe news of you,
Walking about in Africa maybe, but thinking of me.

DADDY

You do not do, you do not do
Any more, black shoe
In which I have lived like a foot
For thirty years, poor and white,
Barely daring to breathe or Achoo.

LA RIVALE

Se sorridesse, la luna somiglierebbe a te.
Tu fai lo stesso effetto:
Di un qualcosa di bello ma che annichilisce.
Tutti e due siete dei grandi scroccatori.
La sua bocca a O si accora sul mondo; la tua

Non fa una piega, tu pietrifichi ogni cosa.
Guardo, c'è un mausoleo; eccoti qui che picchietti
Il marmo del tavolino, cerchi le sigarette,
Sprezzante come una donna, ma non così nervoso,
E muori dalla voglia di dire impertinenze.

Anche la luna i suoi sudditi umilia,
Ma di giorno è ridicola.
I tuoi malumori, d'altra parte,
Arrivano per posta amorosamente regolari,
Bianchi e vani, espansivi come il gas.

Non c'è un giorno al riparo da notizie di te,
Magari a spasso in Africa, ma pensando a me.

PAPÀ

Non servi, non servi più,
O nera scarpa, tu
In cui trent'anni ho vissuto
Come un piede, grama e bianca,
Trattenendo fiato e starnuto.

Daddy, I have had to kill you.
You died before I had time –
Marble-heavy, a bag full of God,
Ghastly statue with one grey toe
Big as a Frisco seal

And a head in the freakish Atlantic
Where it pours bean green over blue
In the waters off beautiful Nauset.
I used to pray to recover you.
Ach, du.

In the German tongue, in the Polish town
Scraped flat by the roller
Of wars, wars, wars.
But the name of the town is common.
My Polack friend

Says there are a dozen or two.
So I never could tell where you
Put your foot, your root,
I never could talk to you.
The tongue stuck in my jaw.

It stuck in a barb wire snare.
Ich, ich, ich, ich,
I could hardly speak.
I thought every German was you.
And the language obscene

An engine, an engine
Chuffing me off like a Jew.
A Jew to Dachau, Auschwitz, Belsen.
I began to talk like a Jew.
I think I may well be a Jew.

Papà, ammazzarti avrei dovuto.
Ma sei morto prima che io
Ci riuscissi, tu greve marmo, sacco pieno di Dio,
Statua orrenda dal grigio alluce
Grosso come una foca di Frisco

E un capo nell'Atlantico estroso
Al largo di Nauset laggiù
Dove da verde diventa blu.
Un tempo io pregavo per riaverti.
Ach, du.

In tedesco, in un paese
Di Polonia al suolo spianato
Da guerre, guerre, guerre.
Ma il paese ha un nome molto usato.
Un amico mio polacco

Mi dice che ce n'è un sacco.
Così non ho mai saputo
Dov'eri passato o cresciuto.
Mai parlarti ho potuto.
Mi s'incollava la lingua al palato.

Mi s'incollava a un filo spinato.
Ich, ich, ich, ich,
Non riuscivo a dir più di così.
Per me ogni tedesco era te.
E quell'idioma osceno

Era un treno, un treno che
Ciuff-ciuff come un ebreo portava via me.
A Dachau, Auschwitz, Belsen.
Da ebreo mi mettevo a parlare.
E lo sono proprio, magari.

The snows of the Tyrol, the clear beer of Vienna
Are not very pure or true.
With my gypsy ancestress and my weird luck
And my Taroc pack and my Taroc pack
I may be a bit of a Jew.

I have always been scared of *you*,
With your Luftwaffe, your gobbledygoo.
And your neat moustache
And your Aryan eye, bright blue.
Panzer-man, panzer-man, O You –

Not God but a swastika
So black no sky could squeak through.
Every woman adores a Fascist,
The boot in the face, the brute
Brute heart of a brute like you.

You stand at the blackboard, daddy,
In the picture I have of you,
A cleft in your chin instead of your foot
But no less a devil for that, no not
Any less the black man who

Bit my pretty red heart in two.
I was ten when they buried you.
At twenty I tried to die
And get back, back, back to you.
I thought even the bones would do.

But they pulled me out of the sack,
And they stuck me together with glue.
And then I knew what to do.
I made a model of you,
A man in black with a Meinkampf look

Le nevi del Tirolo, la birra chiara di Vienna
Non son molto pure o sincere.
Per la mia ava zingara e fortunosi sbocchi
E il mio mazzo di tarocchi e il mio mazzo di tarocchi
Qualcosa di ebreo potrei avere.

Ho avuto sempre terrore di *te*,
Con la tua Luftwaffe, il tuo gregregrè.
E il tuo baffo ben curato
E l'occhio ariano d'un bel blu.
Uomo-panzer, panzer, O Tu –

Non un Dio ma svastica nera
Che nessun cielo ci trapela.
Ogni donna adora un fascista,
La scarpa in faccia, il brutale
Cuore di un bruto a te uguale.

Tu stai alla lavagna, papà,
Nella foto che ho di te,
Biforcuto nel mento anziché
Nel piede, ma diavolo sempre,
Sempre uomo nero che

Con un morso il cuore mi fende.
Avevo dieci anni che seppellirono te.
A venti cercai di morire
E tornare, tornare a te.
Anche le ossa mi potevano servire.

Ma mi tirarono via dal sacco,
Mi rincollarono i pezzetti.
E il da farsi così io seppi.
Fabbricai un modello di te,
Uomo in nero dall'aria Meinkampf,

And a love of the rack and the screw.
And I said I do, I do.
So daddy, I'm finally through.
The black telephone's off at the root,
The voices just can't worm through.

If I've killed one man, I've killed two –
The vampire who said he was you
And drank my blood for a year,
Seven years, if you want to know.
Daddy, you can lie back now.

There's a stake in your fat black heart
And the villagers never liked you.
They are dancing and stamping on you.
They always *knew* it was you.
Daddy, daddy, you bastard, I'm through.

FEVER 103°

Pure? What does it mean?
The tongues of hell
Are dull, dull as the triple

Tongues of dull, fat Cerberus
Who wheezes at the gate. Incapable
Of licking clean

The aguey tendon, the sin, the sin.
The tinder cries.
The indelible smell

E con il gusto di torchiare.
E io che dicevo sì, sì.
Papà, eccomi al finale.
Tagliati i fili del nero telefono
Le voci più non ci possono miagolare.

Se ho ucciso un uomo, due ne ho uccisi –
Il vampiro che diceva esser te
E un anno il mio sangue bevé,
Anzi sette, se tu
Vuoi saperlo. Papà, puoi star giù.

Nel tuo cuore c'è un palo conficcato.
Mai i paesani ti hanno amato.
Ballano e pestano su te.
Che eri tu l'hanno sempre *capito*.
Papà, carogna, ho finito.

FEBBRE A QUARANTUNO

Pura? Cosa vuol dire?
Le lingue dell'inferno
Sono ottuse, ottuse come la tripla

Lingua dell'ottuso, grasso Cerbero
Che anela sulla porta. Incapace
Di sanare leccandolo l'infiammato

Tèndine, il peccato, il peccato.
Sfrìgola l'esca da fuoco.
L'indelebile puzza

Of a snuffed candle!
Love, love, the low smokes roll
From me like Isadora's scarves, I'm in a fright

One scarf will catch and anchor in the wheel.
Such yellow sullen smokes
Make their own element. They will not rise,

But trundle round the globe
Choking the aged and the meek,
The weak

Hothouse baby in its crib,
The ghastly orchid
Hanging its hanging garden in the air,

Devilish leopard!
Radiation turned it white
And killed it in an hour.

Greasing the bodies of adulterers
Like Hiroshima ash and eating in.
The sin. The sin.

Darling, all night
I have been flickering, off, on, off, on.
The sheets grow heavy as a lecher's kiss.

Three days. Three nights.
Lemon water, chicken
Water, water make me retch.

I am too pure for you or anyone.
Your body
Hurts me as the world hurts God. I am a lantern –

Di candela soffocata!
Si srotolano, o amore, i bassi fumi
Da me come le sciarpe di Isadora, ho terrore

Che una mi accalappi, mi ancori alla ruota.
Questi gialli tetri fumi
Si creano il proprio elemento. Né si alzeranno,

Ma intorno al globo si trascineranno
Asfissiando i vecchi e i mansueti,
Il gracile

Bebè di serra nella sua mangiatoia,
L'orchidea mostruosa che appende
Nell'aria il suo pensile giardino,

Leopardo diabolico!
La radiazione l'ha ridotto bianco
E in un'ora l'ha ammazzato:

I corpi degli adulteri la sua peste rovina,
Li smangia come la cenere di Hiroshima.
Il peccato. Il peccato.

Amore mio, ho passato
Tutta la notte annaspando,
Fra lenzuola grevi come il bacio d'un perverso.

Tre giorni. Tre notti.
Limonata, brodo, acqua,
Acqua, fammi vomitare.

Per te o chiunque sono troppo pura.
Il tuo corpo
Mi offende come il mondo offende Dio. Io

My head a moon
Of Japanese paper, my gold beaten skin
Infinitely delicate and infinitely expensive.

Does not my heat astound you. And my light.
All by myself I am a huge camellia
Glowing and coming and going, flush on flush.

I think I am going up,
I think I may rise –
The beads of hot metal fly, and I, love, I

Am a pure acetylene
Virgin
Attended by roses,

By kisses, by cherubim,
By whatever these pink things mean.
Not you, nor him

Not him, nor him
(My selves dissolving, old whore petticoats) –
To Paradise.

THE BEE MEETING

Who are these people at the bridge to meet me? They are the
villagers –
The rector, the midwife, the sexton, the agent for bees.
In my sleeveless summery dress I have no protection,
And they are all gloved and covered, why did nobody tell
me?
They are smiling and taking out veils tacked to ancient hats.

Sono lanterna – la mia testa una luna
Giapponese di carta, la mia pelle oro in foglia
È carissima, molto delicata.

Non ti sbalordisce il mio calore? E la mia luce?
Sono un'immensa camelia
Che s'infuoca e va e viene, vampa a vampa.

Penso che sto sollevandomi,
Forse mi librerò –
I grani di ardente metallo volano e io, amore, io

Sono una pura
Vergine d'acetilene
Con una scorta di rose,

Di baci, di cherubini,
Di tutto che esprimono queste rosee cose.
Non tu, né quello

Non lui, né quello
(Ogni mio io si perde, sgualdrinesco orpello)
– Al Paradiso.

LA RIUNIONE DELLE API

Chi sono questi che mi aspettano al ponte? I paesani –
Parroco, levatrice, sacrestano, agente apicultore.
Vestita così sbracciata non ho nessuna protezione,
E loro tutti inguantati e coperti: perché non avvisarmi?
Sorridono, ostentano veli presi da antichi cappellini.

I am nude as a chicken neck, does nobody love me?
Yes, here is the secretary of bees with her white shop smock,
Buttoning the cuffs at my wrists and the slit from my neck
to my knees.
Now I am milkweed silk, the bees will not notice.
They will not smell my fear, my fear, my fear.

Which is the rector now, is it that man in black?
Which is the midwife, is that her blue coat?
Everybody is nodding a square black head, they are knights
in visors,
Breastplates of cheesecloth knotted under the armpits.
Their smiles and their voices are changing. I am led
through a beanfield.

Strips of tinfoil winking like people,
Feather dusters fanning their hands in a sea of bean flowers,
Creamy bean flowers with black eyes and leaves like bored
hearts.
Is it blood clots the tendrils are dragging up that string?
No, no, it is scarlet flowers that will one day be edible.

Now they are giving me a fashionable white straw Italian hat
And a black veil that moulds to my face, they are making
me one of them.
They are leading me to the shorn grove, the circle of hives.
Is it the hawthorn that smells so sick?
The barren body of hawthorn, etherizing its children.

Is it some operation that is taking place?
It is the surgeon my neighbours are waiting for,
This apparition in a green helmet,
Shining gloves and white suit.
Is it the butcher, the grocer, the postman, someone I know?

Io nuda come un pollo spennato: nessuno che se ne
preoccupi?
Ah ecco, l'impiegata delle api col suo camice bianco,
Mi abbottona i polsini, lo spacco dal collo ai ginocchi.
Sono tutta una seta verdealga, le api non mi vedranno.
Non annuseranno la mia paura, paura, paura.

Qual è il parroco adesso, forse quell'uomo in nero?
E la levatrice è quella vestita di azzurro?
Ognuno scuote una nera testa quadra, cavalieri in celata,
Con pettorali di garza annodati alle ascelle.
Mutano voci e sorrisi. Passiamo in un campo di fave.

Strisce di stagnola ammiccano come persone,
Piumini agitano i manici in un mare di fiori di fava,
Lattei con occhi neri e foglie come cuori annoiati.
Sono grumi di sangue che i viticci tengono su a quel filo?
No, no: fiori purpurei, prima o poi commestibili.

Mi danno adesso un bel cappello di paglia di Firenze
E un velo nero che stampa la mia faccia: mi fanno
Una di loro, mi portano sulla radura, verso gli alveari.
È il biancospino che profuma da nauseare?
Il tronco isterilito eterizza i suoi figli.

Stanno operando qualcuno? I vicini
Stanno in attesa del chirurgo?
Questa apparizione in casco verde,
Dai guanti lucidi e vestito di bianco.
È il macellaio, il droghiere, il postino, lo conosco?

Non posso scappare, sto impalata e la ginestra mi punge
Con le sue gialle borse, il suo arsenale di spine.
Se mi mettessi a scappare, dovrei scappare per sempre.

I cannot run, I am rooted, and the gorse hurts me
With its yellow purses, its spiky armoury.
I could not run without having to run forever.
The white hive is snug as a virgin,
Sealing off her brood cells, her honey, and quietly humming.

Smoke rolls and scarves in the grove.
The mind of the hive thinks this is the end of everything.
Here they come, the outriders, on their hysterical elastics.
If I stand very still, they will think I am cow parsley,
A gullible head untouched by their animosity,

Not even nodding, a personage in a hedgerow.
The villagers open the chambers, they are hunting the queen.
Is she hiding, is she eating honey? She is very clever.
She is old, old, old, she must live another year, and she
knows it.
While in their fingerjoint cells the new virgins

Dream of a duel they will win inevitably,
A curtain of wax dividing them from the bride flight,
The upflight of the murderess into a heaven that loves her.
The villagers are moving the virgins, there will be no killing.
The old queen does not show herself, is she so ungrateful?

I am exhausted, I am exhausted –
Pillar of white in a blackout of knives.
I am the magician's girl who does not flinch.
The villagers are untying their disguises, they are shaking
hands.
Whose is that long white box in the grove, what have they
accomplished, why am I cold?

Il bianco alveare, compatto come una vergine, occlude
La sua fecondità, il suo miele, brusisce quieto.

Fumo si spande e serpeggia nella radura.
La mente dell'alveare pensa che questa è la fine.
Ecco le api operaie sui loro isterici elastici:
Ma se sto ferma mi scambieranno per un arbusto,
Un innocuo fantoccio che il loro furore non tocca,

Senza far piega, un personaggio in una siepe.
Aprono i favi i paesani, cercano la regina.
Si nasconde? Mangia miele? È astutissima.
È vecchia, vecchia, le resta appena un anno; e lo sa.
Mentre che nelle loro celle le nuove vergini

Sognano di un duello che di certo vinceranno,
C'è ancora uno strato di cera prima del volo nuziale,
Ascesa dell'assassina al cielo di cui è prediletta.
I paesani traslocano le vergini, non ci saranno uccisioni.
La vecchia regina non si mostra: è dunque così ingrata?

Io sono esausta, esausta –
Pilastro bianco in un buio di coltelli.
Sono la figlia dello stregone che non può tirarsi indietro.
Si slacciano le monture i paesani, si salutano.
Chi c'è in quella lunga cassa bianca a terra, cos'hanno
combinato, perché sento freddo?

THE HANGING MAN

By the roots of my hair some god got hold of me.
I sizzled in his blue volts like a desert prophet.

The nights snapped out of sight like a lizard's eyelid:
A world of bald white days in a shadeless socket.

A vulturous boredom pinned me in this tree.
If he were I, he would do what I did.

YEARS

They enter as animals from the outer
Space of holly where spikes
Are not the thoughts I turn on, like a Yogi,
But greenness, darkness so pure
They freeze and are.

O God, I am not like you
In your vacuous black,
Stars stuck all over, bright stupid confetti.
Eternity bores me,
I never wanted it.

What I love is
The piston in motion –
My soul dies before it.
And the hooves of the horses,
Their merciless churn.

And you, great Stasis –

L'IMPICCATO

Per le radici dei capelli mi afferrò un qualche dio.
Ai suoi azzurri volt mi rattrappii come un profeta del deserto

Le notti sgusciarono via come palpebre di lucertola:
Un mondo di vani giorni bianchi in una buca senz'ombra.

Una noia d'avvoltoio mi appuntava a quest'albero.
Farebbe anche lui come me, se lui fossi io.

ANNI

Entrano come animali dall'esteriore
Spazio dell'agrifoglio dove le punte
Non sono i pensieri cui volgo, come un Yogi,
Ma verdezza, buiezza, talmente pure
Si congelano e sono.

Dio, io non sono come te
Nel tuo nero di vuoto,
Tutto inzeppato di stelle, lucenti stolti confetti.
L'eternità mi annoia,
Mai l'ho desiderata.

Quel che mi piace è
Lo stantuffo in movimento –
L'anima mia ne muore.
E gli zoccoli dei cavalli,
Il loro spietato fermento.

E tu, grande Stasi –

What is so great in that!
Is it a tiger this year, this roar at the door?
Is it a Christus,
The awful

God-bit in him
Dying to fly and be done with it?
The blood berries are themselves, they are very still.

The hooves will not have it,
In blue distance the pistons hiss.

THE MUNICH MANNEQUINS

Perfection is terrible, it cannot have children.
Cold as snow breath, it tamps the womb

Where the yew trees blow like hydras,
The tree of life and tree of life

Unloosing their moons, month after month, to no purpose.
The blood flood is the flood of love,

The absolute sacrifice.
It means: no more idols but me,

Me and you.
So, in their sulphur loveliness, in their smiles

These mannequins lean tonight
In Munich, morgue between Paris and Rome,

Cosa è in ciò di tanto grande!
È una tigre, quest'anno, questo ruggito alla porta?
È un Cristo,
Il tremendo

Boccone in essa di Dio
Che muore dalla voglia di volare e finirla?
Sono se stesse le bacche rosso sangue, impassibili.

Gli zoccoli non lo acchiapperanno,
Sbuffano gli stantuffi nell'azzurra distanza.

I MANICHINI DI MONACO

La perfezione è terribile, non può avere figli.
Fredda come respiro di neve, occlude il grembo

Dove arbusti di tasso spuntano come idre,
L'albero della vita e l'albero della vita

Sciolglienti le loro lune, mese per mese, invano.
Flusso di sangue è flusso

D'amore, sacrificio assoluto.
Vuol dire: non altri idoli che me,

Me e te.
Così, sulfureamente amabili, nei loro sorrisi

Questi manichini s'affacciano stanotte
A Monaco, obitorio che sta fra Roma e Parigi,

Naked and bald in their furs,
Orange lollies on silver sticks,

Intolerable, without mind.
The snow drops its pieces of darkness,

Nobody's about. In the hotels
Hands will be opening doors and setting

Down shoes for a polish of carbon
Into which broad toes will go tomorrow.

O the domesticity of these windows,
The baby lace, the green-leaved confectionery,

The thick Germans slumbering in their bottomless Stolz.
And the black phones on hooks

Glittering
Glittering and digesting

Voicelessness. The snow has no voice.

PARALYTIC

It happens. Will it go on? –
My mind a rock,
No fingers to grip, no tongue,
My god the iron lung

That loves me, pumps
My two

Nudi e spogli nelle loro pellicce,
Lecca-lecca all'arancio su stecchi d'argento,

Insopportabili, senza sentimento.
Sgocciola giù la neve i suoi frammenti di buio,

Non c'è nessuno. Negli alberghi
Mani apriranno porte, deporranno

Scarpe da lucidare in cui domani
Enormi diti di piedi entreranno.

Oh quale aria di casa queste vetrine,
Biancheria da neonati, dolciumi guarniti di verde,

I grevi tedeschi assopiti nel loro Stolz senza fondo.
E i neri telefoni ai ganci

Luccicanti
Luccicanti e inghiottenti

Inesistenti voci. Non ha voce la neve.

PARALITICO

Succede. Continuerà?
La mia mente è una rupe,
Non ho dita per aggrapparmi, né lingua,
Il polmone d'acciaio è il mio dio

Che mi vuol bene, pompa
E ripompa i miei

Dust bags in and out,
Will not

Let me relapse
While the day outside glides by like ticker tape.
The night brings violets,
Tapestries of eyes,

Lights,
The soft anonymous
Talkers: « You all right? »
The starched, inaccessible breast.

Dead egg, I lie
Whole
On a whole world I cannot touch,
At the white, tight

Drum of my sleeping couch
Photographs visit me –
My wife, dead and flat, in 1920 furs,
Mouth full of pearls,

Two girls
As flat as she, who whisper: « We're your daughters ».
The still waters
Wrap my lips,

Eyes, nose and ears,
A clear
Cellophane I cannot crack.
On my bare back

I smile, a buddha, all
Wants, desire

Due sacchi di polvere,
Non

Mi consente ricadute
Mentre fuori il giorno scorre come un nastro telegrafico.
La notte reca viole,
Arazzi d'occhi,

Luci,
Smorzate anonime
Voci: « Tutto bene? »
L'inamidato seno inaccessibile.

Morto uovo, io
Giaccio intero
In un intero mondo che non posso toccare,
Al bianco, teso

Tamburo del mio giaciglio
Fotografi vengono a trovarmi –
Mia moglie, morta e piatta, in pellicce da anni '20,
Bocca piena di perle,

Due ragazze
Piatte come lei, che sussurrano: « Siamo tue figlie ».
Le immobili acque
Mi avvolgono labbra,

Occhi, naso e orecchi,
Lucente
Cellofan che non posso lacerare.
Sui miei nudi lombi

Sorrido come un buddha e ogni
Voglia, desiderio

Falling from me like rings
Hugging their lights.

The claw
Of the magnolia,
Drunk on its own scents,
Asks nothing of life.

POPPIES IN JULY

Little poppies, little hell flames,
Do you do no harm?

You flicker. I cannot touch you.
I put my hands among the flames. Nothing burns.

And it exhausts me to watch you
Flickering like that, wrinkly and clear red, like the skin of a mouth.

A mouth just bloodied.
Little bloody skirts!

There are fumes that I cannot touch.
Where are your opiates, your nauseous capsules?

If I could bleed, or sleep! –
If my mouth could marry a hurt like that!

Or your liquors seep to me, in this glass capsule,
Dulling and stilling.

But colourless. Colourless.

Cadono da me come anelli
Serranti le loro luci.

Gli artigli
Della magnolia,
Ebbri dei loro propri profumi,
Nulla chiedono della vita.

PAPAVERI IN LUGLIO

Piccoli papaveri, piccole fiamme d'inferno,
Non fate male?

Guizzate qua e là. Non vi posso toccare.
Metto le mani tra le fiamme. Ma non bruciano.

E mi estenua il guardarvi così guizzanti,
Rosso grinzoso e vivo, come la pelle di una bocca.

Una bocca da poco insanguinata.
Piccole maledette gonne!

Ci sono fumi che non posso toccare.
Dove sono le vostre schifose capsule oppiate?

Ah se potessi sanguinare, o dormire! –
Potesse la mia bocca sposarsi a una ferita così!

O a me in questa capsula di vetro filtrasse il vostro liquore,
Stordente e riposante. Ma senza,

Senza colore.

CONTUSION

Colour floods to the spot, dull purple.
The rest of the body is all washed out,
The colour of pearl.

In a pit of rock
The sea sucks obsessively,
One hollow the whole sea's pivot.

The size of a fly,
The doom mark
Crawls down the wall.

The heart shuts,
The sea slides back,
The mirrors are sheeted.

EDGE

The woman is perfected.
Her dead

Body wears the smile of accomplishment,
The illusion of a Greek necessity

Flows in the scrolls of her toga,
Her bare

Feet seem to be saying:
We have come so far, it is over.

CONTUSIONE

Colore inonda la macchia, porpora cupo.
Tutto slavato è il resto del corpo,
Ha colore di perla.

In un anfratto di rupe
Risucchia il mare ossessivamente,
Un solo vuoto è perno di tutto il mare.

Non più grande che una mosca
Il marchio funesto
Striscia giù per il muro.

Il cuore si chiude,
Il mare cala,
Gli specchi sono schermati.

ORLO

La donna è a perfezione.
Il suo morto

Corpo ha il sorriso del compimento,
Un'illusione di greca necessità

Scorre lungo i drappeggi della sua toga,
I suoi nudi

Piedi sembran dire:
Abbiamo tanto camminato, è finita.

Each dead child coiled, a white serpent,
One at each little

Pitcher of milk, now empty.
She has folded

Them back into her body as petals
Of a rose close when the garden

Stiffens and odours bleed
From the sweet, deep throats of the night flower.

The moon has nothing to be sad about,
Staring from her hood of bone.

She is used to this sort of thing.
Her blacks crackle and drag.

Si sono rannicchiati i morti infanti ciascuno
Come un bianco serpente a una delle due piccole

Tazze del latte, ora vuote.
Lei li ha riavvolti

Dentro il suo corpo come petali
Di una rosa richiusa quando il giardino

S'intorpidisce e sanguinano odori
Dalle dolci, profonde gole del fiore della notte.

Niente di cui rattristarsi ha la luna
Che guarda dal suo cappuccio d'osso.

A certe cose è ormai abituata.
Crepitano, si tendono le sue macchie nere.

from WINTER TREES

from WINTER TREES

da ALBERI INVERNALI

CHILDLESS WOMAN

The womb
Rattles its pod, the moon
Discharges itself from the tree with nowhere to go.

My landscape is a hand with no lines,
The roads bunched to a knot,
The knot myself,

Myself the rose you achieve –
This body,
This ivory

Godly as a child's shriek.
Spiderlike, I spin mirrors,
Loyal to my image,

Uttering nothing but blood –
Taste it, dark red!
And my forest

My funeral,
And this hill and this
Gleaming with the mouths of corpses.

DONNA SENZA FIGLI

L'utero fa
Tinnire i suoi semi, la luna
Si scarica della pianta che non ha mèta.

Mio paesaggio è una mano senza linee,
Le strade ammucchiate in un nodo,
E un nodo io stessa,

Io stessa la rosa che tu adempi –
Questo corpo,
Questo avorio

Sacro come strillo di bambino.
Simile a un ragno, io tesso
Specchi fedeli alla mia immagine,

Null'altro esprimenti che sangue –
Assaggialo, è rossocupo!
E la mia foresta

Mio funerale,
E questa collina e questo
Lucciichìo da bocche di cadaveri.

STOPPED DEAD

A squeal of brakes.
Or is it a birth cry?
And here we are, hung out over the dead drop
Uncle, pants factory Fatso, millionaire.
And you out cold beside me in your chair.

The wheels, two rubber grubs, bite their sweet tails.
Is that Spain down there?
Red and yellow, two passionate hot metals
Writhing and sighing, what sort of a scenery is it?
It isn't England, it isn't France, it isn't Ireland.

It's violent. We're here on a visit,
With a goddam baby screaming off somewhere.
There's always a bloody baby in the air.
I'd call it a sunset, but
Whoever heard a sunset yowl like that?

You are sunk in your seven chins, still as a ham.
Who do you think I am,
Uncle, uncle?
Sad Hamlet, with a knife?
Where do you stash your life?

Is it a penny, a pearl –
Your soul, your soul?
I'll carry it off like a rich pretty girl,
Simply open the door and step out of the car
And live in Gibraltar on air, on air.

BLOCCATO

Uno stridìo di freni.
O un pianto di neonato?
E chini eccoci qui sullo stecchito
Zio re-delle-mutande miliardario.
E tu mi emergi accanto freddo nel tuo sedile.

Le ruote, due vermi di gomma, si mordono le dolci code.
È la Spagna, laggiù?
Rosso e giallo, due ardenti metalli appassionati
Sospiranti e frementi, che razza di scena è?
Non è Inghilterra, non Francia, non Irlanda.

È violenta. La stiamo visitando
Con un bebè pestifero che frigna da qualche parte.
C'è sempre di mezzo un dannato bebè.
Potrei dirla un tramonto, ma chi è
Chi mai sentì miagolare un tramonto?

Nella tua pappagorgia di prosciutto stai sepolto,
Chi credi che sia io,
Zio, zio?
Il triste Amleto col pugnale?
Dove nascondi il tuo fiato vitale?

È un soldino, una perla –
La tua, tua anima?
La rapirò come una bella miliardaria,
Aprirò lo sportello e dalla macchina uscirò
E a Gibilterra vivrò d'aria, nell'aria.

THALIDOMIDE

O half moon –

Half-brain, luminosity –
Negro, masked like a white,

Your dark
Amputations crawl and appal –

Spidery, unsafe.
What glove

What leatheriness
Has protected

Me from that shadow –
The indelible buds,

Knuckles at shoulder-blades, the
Faces that

Shove into being, dragging
The lopped

Blood-caul of absences.
All night I carpenter

A space for the thing I am given,
A love

Of two wet eyes and a screech.
White spit

TALIDOMIDE

O mezza luna –

Mezzo cervello, luminosità –
Negro, mascherato da bianco,

Le tue buie
Amputazioni brulicano e spaventano –

Ragnose, infide.
Quale guanto

Quale coriacità
Ha protetto

Me da quell'ombra –
Gli indelebili bocci,

Giunture delle scapole, le
Facce che

Si fanno largo all'essere, tirando
Via con sé il penzolante

Amnio-sangue delle assenze.
Tutta la notte fabbrico

Uno spazio alla cosa che mi è data,
Un amore

Di due occhi umidi e uno strillo.
Un bianco sputo

Of indifference!
The dark fruits revolve and fall.

The glass cracks across,
The image

Flees and aborts like dropped mercury.

D'indifferenza!
I frutti oscuri volvono e periscono.

Il cristallo s'incrina,
L'immagine

Scompare e abortisce come mercurio in mille gocce.

from CROSSING THE WATER

da ATTRAVERSANDO L'ACQUA

FINISTERRE

This was the land's end: the last fingers, knuckled and
    rheumatic,
Cramped on nothing. Black
Admonitory cliffs, and the sea exploding
With no bottom, or anything on the other side of it,
Whitened by the faces of the drowned.
Now it is only gloomy, a dump of rocks –
Leftover soldiers from old, messy wars.
The sea cannons into their ear, but they don't budge.
Other rocks hide their grudges under the water.

The cliffs are edged with trefoils, stars and bells
Such as fingers might embroider, close to death,
Almost too small for the mists to bother with.
The mists are part of the ancient paraphernalia –
Souls, rolled in the doom-noise of the sea.
They bruise the rocks out of existence, then resurrect them.
They go up without hope, like sighs.
I walk among them, and they stuff my mouth with cotton.
When they free me, I am beaded with tears.

Our Lady of the Shipwrecked is striding toward the horizon,
Her marble skirts blown back in two pink wings.

FINISTERRE

Qui finiva la terra: le estreme dita, nocchiute e reumatiche,
Rattrappite sul nulla. Ammonitori
Neri dirupi, e il mare che esplode
Senza fondo, o alcunché d'altro al di là,
Bianco di visi d'annegati.
Adesso è soltanto tetro, un ammasso di rocce –
Soldati sbandati di vecchie, confuse guerre.
Il mare gli cannoneggia gli orecchi, ma loro non mollano.
Altre rocce nascondono i loro rancori sott'acqua.

Il precipizio ha un orlo di stelle, trifogli e campanule
Ricamate si direbbe da dita, prossime a morte,
Piccole al punto che quasi sfuggono alle brume.
Le brume sono parte dell'antico armamentario –
Anime, rotolate nel cupo lamento del mare.
Cancellano le rocce, poi le rifanno alla luce.
Salgono senza speranza, come sospiri.
Ci passo in mezzo, mi riempiono la bocca di cotone.
E quando me ne libero sono imperlata di lacrime.

Nostra Signora dei Naufraghi va verso l'orizzonte,
Le sue vesti di marmo sventolanti all'indietro come ali.

A marble sailor kneels at her foot distractedly, and at his
foot
A peasant woman in black
Is praying to the monument of the sailor praying.
Our Lady of the Shipwrecked is three times life size,
Her lips sweet with divinity.
She does not hear what the sailor or the peasant is saying –
She is in love with the beautiful formlessness of the sea.

Gull-coloured laces flap in the sea drafts
Beside the postcard stalls.
The peasants anchor them with conches. One is told:
« These are the pretty trinkets the sea hides,
Little shells made up into necklaces and toy ladies.
They do not come from the Bay of the Dead down there,
But from another place, tropical and blue,
We have never been to.
These are our crêpes. Eat them before they blow cold ».

INSOMNIAC

The night sky is only a sort of carbon paper,
Blueblack, with the much-poked periods of stars
Letting in the light, peephole after peephole –
A bonewhite light, like death, behind all things.
Under the eyes of the stars and the moon's rictus
He suffers his desert pillow, sleeplessness
Stretching its fine, irritating sand in all directions.

Over and over the old, granular movie
Exposes embarrassments – the mizzling days
Of childhood and adolescence, sticky with dreams,

Assorto a lei s'inginocchia un marinaio di marmo
A cui s'inginocchia la donna vestita di nero
Pregando al monumento del marinaio che prega.
Nostra Signora dei Naufraghi è tre volte il naturale,
E dolci le sue labbra di celestialità.
Non sente quel che dicono il marinaio o la donna –
È tutta presa dalla bella informità del mare.

Nastri color gabbiano svolazzano alla brezza
Accanto ai chioschi di cartoline illustrate.
I contadini li ancorano a conchiglie. « Comprate »
Dicono « i bei gioielli che il mare nasconde,
Piccoli gusci che fanno bamboline e collane.
Non vengono dalla Baia dei Morti laggiù,
Ma da un altro posto, azzurro e tropicale,
Dove non siamo mai stati.
Comprate le nostre frittelle, mangiatele ancora calde ».

MALATO D'INSONNIA

Il cielo notturno è una carta-carbone neroblù,
Con le orbite a lungo riattizzate delle stelle
Filtranti la luce, spiraglio a spiraglio –
Luce d'un bianco d'ossa, come la morte, al di là di tutto.
Sotto gli occhi delle stelle e il rictus della luna
Egli patisce il suo guanciale deserto, l'insonnia
Sparge per ogni dove i suoi granelli di sabbia.

Ossessivamente si replica un vecchio, sgranato
Film di imbarazzi – giorni uggiosi
D'infanzia e adolescenza, appiccicosi di sogni,

Parental faces on tall stalks, alternately stern and tearful,
A garden of buggy roses that made him cry.
His forehead is bumpy as a sack of rocks.
Memories jostle each other for face-room like obsolete film
stars.

He is immune to pills: red, purple, blue –
How they lit the tedium of the protracted evening!
Those sugary planets whose influence won for him
A life baptized in no-life for a while,
And the sweet, drugged waking of a forgetful baby.
Now the pills are worn-out and silly, like classical gods.
Their poppy-sleepy colours do him no good.

His head is a little interior of grey mirrors.
Each gesture flees immediately down an alley
Of diminishing perspectives, and its significance
Drains like water out the hole at the far end.
He lives without privacy in a lidless room,
The bald slots of his eyes stiffened wide-open
On the incessant heat-lightning flicker of situations.

Nightlong, in the granite yard, invisible cats
Have been howling like women, or damaged instruments.
Already he can feel daylight, his white disease,
Creeping up with her hatful of trivial repetitions.
The city is a map of cheerful twitters now,
And everywhere people, eyes mica-silver and blank,
Are riding to work in rows, as if recently brainwashed.

Facce parentali su alti steli, severe o piangenti,
Un verminoso roseto che lo faceva strillare.
La sua fronte è bozzuta come un sacchetto di sassi.
Dive obsolete, i ricordi competono per l'inquadratura.

È assuefatto alle pillole: rosse, vermiglie, azzurre –
Quanto gli confortarono la noia di sere prolungate!
Quei zuccherosi pianeti la cui influenza gli valse
Un po' di vita ribattezzata non-vita,
E i dolci, storditi risvegli da infante senza memoria.
Le pillole sono ormai vane, come gli dei del passato.
Più non gli giovano i loro papaverosi colori.

La sua testa è un angusto interno di grigi specchi.
Ogni gesto si snoda di colpo in una serie
Di prospettive in decrescendo, e il suo senso
Fuoresce come acqua da un buco all'estremità.
Esposto in mostra lui vive in una stanza spalpebrata,
Le nude fessure degli occhi spalancate in permanenza
Su un accendi-e-spegni infinito di situazioni.

Per tutta la notte in cortile gatti invisibili
Berciavano come comari o strumenti scordati.
Egli ormai vede il giorno, il suo bianco disagio
Che spunta col suo carico di futili ripetizioni.
La città è una mappa di gioviali pigolìi, adesso;
Tutti con occhi vacui dai riflessi di mica
Vanno in schiera al lavoro, come dopo un lavaggio del
cervello.

I AM VERTICAL

But I would rather be horizontal.
I am not a tree with my root in the soil
Sucking up minerals and motherly love
So that each March I may gleam into leaf,
Nor am I the beauty of a garden bed
Attracting my share of Ahs and spectacularly painted,
Unknowing I must soon unpetal.
Compared with me, a tree is immortal
And a flower-head not tall, but more startling,
And I want the one's longevity and the other's daring.

Tonight, in the infinitesimal light of the stars,
The trees and flowers have been strewing their cool odours.
I walk among them, but none of them are noticing.
Sometimes I think that when I am sleeping
I must most perfectly resemble them –
Thoughts gone dim.
It is more natural to me, lying down.
Then the sky and I are in open conversation,
And I shall be useful when I lie down finally:
Then the trees may touch me for once, and the flowers have
time for me.

IN PLASTER

I shall never get out of this! There are two of me now:
This new absolutely white person and the old yellow one,
And the white person is certainly the superior one.
She doesn't need food, she is one of the real saints.
At the beginning I hated her, she had no personality –

IO SONO VERTICALE

Ma preferirei essere orizzontale.
Non sono un albero con radici nel suolo
Succhiante minerali e amore materno
Così da poter brillare di foglie a ogni marzo,
Né sono la beltà di un'aiuola
Ultradipinta che susciti gridi di meraviglia,
Senza sapere che presto dovrò perdere i miei petali.
Confronto a me, un albero è immortale
E la cima d'un fiore, non alta, ma più clamorosa:
Dell'uno la lunga vita, dell'altra mi manca l'audacia.

Stasera, all'infinitesimo lume delle stelle,
Alberi e fiori hanno sparso i loro freddi profumi.
Ci passo in mezzo, ma nessuno di loro ne fa caso.
A volte io penso che mentre dormo
Forse assomiglio a loro nel modo più perfetto –
Con i miei pensieri andati in nebbia.
Stare sdraiata è per me più naturale.
Allora il cielo e io siamo in aperto colloquio,
E sarò utile il giorno che resto sdraiata per sempre:
Finalmente gli alberi mi toccheranno, i fiori avranno tempo
per me.

L'INGESSATURA

Non ne uscirò mai! Siamo ora in due me stesse:
Questa, nuova di zecca, bianchissima e l'altra,
Vecchia e gialla. E la bianca è senz'altro superiore.
Non ha bisogno di cibo, è proprio una santa.
In principio la odiavo, era troppo impersonale –

She lay in bed with me like a dead body
And I was scared, because she was shaped just the way I was

Only much whiter and unbreakable and with no complaints.
I couldn't sleep for a week, she was so cold.
I blamed her for everything, but she didn't answer.
I couldn't understand her stupid behaviour!
When I hit her she held still, like a true pacifist.
Then I realized what she wanted was for me to love her:
She began to warm up, and I saw her advantages.

Without me, she wouldn't exist, so of course she was
grateful.
I gave her a soul, I bloomed out of her as a rose
Blooms out of a vase of not very valuable porcelain,
And it was I who attracted everybody's attention,
Not her whiteness and beauty, as I had at first supposed.
I patronized her a little, and she lapped it up –
You could tell almost at once she had a slave mentality.

I didn't mind her waiting on me, and she adored it.
In the morning she woke me early, reflecting the sun
From her amazingly white torso, and I couldn't help but
notice
Her tidiness and her calmness and her patience:
She humoured my weakness like the best of nurses,
Holding my bones in place so they would mend properly.
In time our relationship grew more intense.

She stopped fitting me so closely and seemed offish.
I felt her criticizing me in spite of herself,
As if my habits offended her in some way.
She let in the draughts and became more and more
absentminded.

Un corpo inerte steso con me sul letto,
Mi spaventava, uguale così a me nella forma,

Solo molto più bianca e dura e senza lamenti.
E così fredda che per una settimana non dormivo.
Gli davo colpa di tutto, ma lei non rispondeva.
Non riuscivo a spiegarmi il suo stupido contegno!
Se la picchiavo non reagiva, da vera pacifista.
Poi capii che voleva che io l'amassi:
Lei cominciò a animarsi, e io ne vidi i vantaggi.

E mi era grata, non sarebbe esistita senza di me.
Io gli davo un'anima, sbocciavo da lei come una rosa
Sboccia da un vaso di non molto pregiata porcellana,
Ed ero io ad attirare l'attenzione di tutti,
Non il suo esser bianca, il suo esser bella, come credevo lì
    per lì.
Un po' la proteggevo, e lei ci si adagiava –
Con una tipica quasi mentalità da schiava.

Io non badavo al suo servirmi, ma lei ne era felice.
Di buon'ora mi dava la sveglia col suo candidissimo
Torso specchiando il sole, e non potevo non notare
Il suo lindore, la sua calma e pazienza:
Perfetta infermiera, indulgeva alla mia debolezza,
Tenendomi in sesto le ossa perché s'aggiustassero.
Cresceva di intensità col tempo il nostro rapporto.

Non m'era più così stretta, sembrava un po' sulle sue.
Sentivo che suo malgrado mi trovava da ridire,
Quasi che i miei modi la disturbassero.
Lasciava spifferi aperti, era sempre più distratta.

And my skin itched and flaked away in soft pieces
Simply because she looked after me so badly.
Then I saw what the trouble was: she thought she was
    immortal.

She wanted to leave me, she thought she was superior,
And I'd been keeping her in the dark, and she was resentful –
Wasting her days waiting on a half-corpse!
And secretly she began ho hope I'd die.
Then she could cover my mouth and eyes, cover me entirely,
And wear my painted face the way a mummy-case
Wears the face of a pharaoh, though it's made of mud and
    water.

I wasn't in any position to get rid of her.
She'd supported me for so long I was quite limp –
I had even forgotten how to walk or sit,
So I was careful not to upset her in any way
Or brag ahead of time how I'd avenge myself.
Living with her was like living with my own coffin:
Yet I still depended on her, though I did it regretfully.

I used to think we might make a go of it together –
After all, it was a kind of marriage, being so close.
Now I see it must be one or the other of us.
She may be a saint, and I may be ugly and hairy,
But she'll soon find out that doesn't matter a bit.
I'm collecting my strength; one day I shall manage without
    her,
And she'll perish with emptiness then, and begin to miss me.

E la mia pelle mi prudeva e si squamava tutta
Appunto perché lei m'accudiva così male.
Poi scoprii il punto: si credeva immortale.

Voleva lasciarmi, si credeva superiore,
L'avevo tenuta nell'ombra e ce l'aveva con me –
Sprecare il tempo al servizio di un mezzo-cadavere!
E cominciò in segreto a sperare che io morissi.
Mi avrebbe così coperto occhi e bocca, coperto tutt'intera,
Assunto la mia faccia dipinta, come un sarcofago
Benché di vile argilla ha il volto di un faraone.

Non ero proprio in grado di liberarmene.
Mi sosteneva da tanto che ormai mi sentivo afflosciata –
Non sapevo nemmeno più camminare o sedermi,
E così stavo attenta a non turbarla in nulla
O a proclamare anzitempo la mia futura vendetta.
Stare con lei era come stare con la mia bara:
Eppure ne dipendevo, benché mio malgrado.

Credevo una volta che avremmo potuto convivere –
In fondo, così unite, era quasi un matrimonio.
Ma adesso capisco che o fuori io o fuori lei.
Magari lei è una santa e io sarò brutta e pelosa,
Ma lei vedrà ben presto che tutto ciò non conta niente.
Raccolgo le mie forze; un giorno potrò farne a meno
E lei morirà di vuoto, sentirà la mia mancanza.

MIRROR

I am silver and exact. I have no preconceptions.
Whatever I see I swallow immediately
Just as it is, unmisted by love or dislike.
I am not cruel, only truthful –
The eye of a little god, four-cornered.
Most of the time I meditate on the opposite wall.
It is pink, with speckles. I have looked at it so long
I think it is a part of my heart. But it flickers.
Faces and darkness separate us over and over.

Now I am a lake. A woman bends over me,
Searching my reaches for what she really is.
Then she turns to those liars, the candles or the moon.
I see her back, and reflect it faithfully.
She rewards me with tears and an agitation of hands.
I am important to her. She comes and goes.
Each morning it is her face that replaces the darkness.
In me she has drowned a young girl, and in me an old woman
Rises toward her day after day, like a terrible fish.

LAST WORDS

I do not want a plain box, I want a sarcophagus
With tigery stripes, and a face on it
Round as the moon, to stare up.
I want to be looking at them when they come
Picking among the dumb minerals, the roots.
I see them already – the pale, star-distance faces.
Now they are nothing, they are not even babies.
I imagine them without fathers or mothers, like the first gods.

SPECCHIO

Sono esatto e d'argento, privo di preconcetti.
Qualunque cosa io veda subito l'inghiottisco
Tale e quale senza ombra di amore o disgusto.
Io non sono crudele, ma soltanto veritiero –
Quadrangolare occhio di un piccolo iddio.
Il più del tempo rifletto sulla parete di fronte.
È rosa, macchiettata. Ormai da tanto la guardo che la sento
Un pezzo del mio cuore. Ma lei c'è e non c'è.
Visi e oscurità continuamente ci separano.

Adesso io sono un lago. Su me si china una donna
Cercando in me di scoprire quella che lei è realmente.
Poi a quelle bugiarde si volta: alle candele o alla luna.
Io vedo la sua schiena e la rifletto fedelmente.
Me ne ripaga con lacrime e un agitare di mani.
Sono importante per lei. Anche lei viene e va.
Ogni mattina il suo viso si alterna all'oscurità.
In me lei ha annegato una ragazza, da me gli sorge incontro
Giorno dopo giorno una vecchia, pesce mostruoso.

ULTIME PAROLE

Non voglio una cassa qualunque, voglio un sarcofago
Con striature di tigre e una faccia dipinta
Tonda come la luna, con gli occhi sgranati in su.
Voglio sembrare che li guardo quando verranno
A scavarmi fra ottusi minerali e radici.
Già li vedo – pallide facce, a una distanza astrale.
Adesso non sono nulla, non sono nemmeno in fasce.
Li penso senza né padri né madri, come gli dei primigeni.

They will wonder if I was important.
I should sugar and preserve my days like fruit!
My mirror is clouding over –
A few more breaths, and it will reflect nothing at all.
The flowers and the faces whiten to a sheet.

I do not trust the spirit. It escapes like steam
In dreams, through mouth-hole or eye-hole. I can't stop it.
One day it won't come back. Things aren't like that.
They stay, their little particular lustres
Warmed by much handling. They almost purr.
When the soles of my feet grow cold,
The blue eye of my turquoise will comfort me.
Let me have my copper cooking pots, let my rouge pots
Bloom about me like night flowers, with a good smell.
They will roll me up in bandages, they will store my heart
Under my feet in a neat parcel.
I shall hardly know myself. It will be dark,
And the shine of these small things sweeter than the face of
Ishtar.

Si domanderanno se io sia stata importante.
Dovrei come frutta candire e conservare i miei giorni!
Il mio specchio si appanna –
Ancora qualche fiato e non specchierà più niente del tutto.
I fiori e le facce si sbiancano come un lenzuolo.

Dello spirituale non mi fido. Sguscia via come vapore
Nei sogni, per le fessure della bocca o degli occhi. Non posso
Fermarlo, né mai tornerà. Ma non così le cose.
Loro restano, con quel piccolo brillìo particolare,
Da tante mani scaldato, con un brusìo di piacere.
Se avrò freddo alle piante dei piedi,
Mi consolerà l'occhio azzurro del mio turchese.
Siano con me le mie casseruole di rame, i miei vasi di coccio
Mi fioriscano intorno notturni fiori, dal buon profumo.
Mi avvolgeranno nelle bende, deporranno il mio cuore
Sotto i miei piedi in un bel pacchettino.
Non mi riconoscerò quasi. Sarà tutto buio,
Ma ci sarà il fulgore di questi piccoli oggetti più dolce che il viso di Ishtar.

from THE COLOSSUS

da IL COLOSSO

TWO VIEWS OF A CADAVER ROOM

1

The day she visited the dissecting room
They had four men laid out, black as burnt turkey,
Already half unstrung. A vinegary fume
Of the death vats clung to them;
The white-smocked boys started working.
The head of his cadaver had caved in,
And she could scarcely make out anything
In that rubble of skull plates and old leather.
A sallow piece of string held it together.

In their jars the snail-nosed babies moon and glow.
He hands her the cut-out heart like a cracked heirloom.

2

In Brueghel's panorama of smoke and slaughter
Two people only are blind to the carrion army:
He, afloat in the sea of her blue satin
Skirts, sings in the direction
Of her bare shoulder, while she bends,
Fingering a leaflet of music, over him,
Both of them deaf to the fiddle in the hands

DUE VEDUTE DI SALA ANATOMICA

1

Il giorno che lei visitò la sala incisoria
C'erano in quattro stesi là, neri come arrosto bruciato,
Già mezzi decomposti. Un sentore acetoso
Di fermenti di morte li avvolgeva;
Si misero al lavoro i giovani in camice bianco.
A lui toccò un cadavere dalla testa fracassata
E lei non ci capiva quasi niente
In quei frantumi di cranio e pezzi di vecchio cuoio.
Uno spago giallastro li teneva ancora insieme.

Nei loro vasi i feti dal naso a chiocciola lunari lustreggiano.
A lei lui dà il cuore divelto guasto cimelio.

2

Nel bruegeliano panorama di fumo e macello
Solo in due sono ciechi a quell'orda di putredine:
Alla deriva nel mare della serica azzurra
Gonna di lei, egli canta in direzione
Della sua nuda spalla e su di lui si china
Lei solfeggiando un foglietto di musica,
Entrambi sordi al violino della testa-di-morto

Of the death's-head shadowing their song.
These Flemish lovers flourish; not for long.

Yet desolation, stalled in paint, spares the little country
Foolish, delicate, in the lower right hand corner.

ALL THE DEAD DEARS

In the Archaeological Museum in Cambridge is a stone coffin of the fourth century A.D. containing the skeletons of a woman, a mouse and a shrew. The ankle-bone of the woman has been slightly gnawn.

Rigged poker-stiff on her back
With a granite grin
This antique museum-cased lady
Lies, companioned by the gimcrack
Relics of a mouse and a shrew
That battened for a day on her ankle-bone.

These three, unmasked now, bear
Dry witness
To the gross eating game
We'd wink at if we didn't hear
Stars grinding, crumb by crumb,
Our own grist down to its bony face.

How they grip us through thin and thick,
These barnacle dead!
This lady here's no kin
Of mine, yet kin she is: she'll suck

Che adombra la loro canzone.
Questi amanti fiamminghi in fiore; non per molto.

E tuttavia la desolazione del quadro risparmia la piccola contrada
Assurda, delicata, nell'angolo in basso a destra.

I CARI MORTI

Nel Museo Archeologico di Cambridge si trova un sarcofago di pietra del IV secolo contenente gli scheletri di una donna, di un topo e di un toporagno. L'osso della caviglia della donna è leggermente rosicchiato.

Impiantata rigida sulla sua schiena
Con una smorfia di granito
Questa antica signora da museo
Giace: gli sono compagnia e ornamento
I resti di un topo e di un toporagno
Che della sua caviglia si rimpinzarono un giorno.

Tutti e tre, adesso smascherati, recano
Netta testimonianza
Della rozza abbuffata che noi
Trascureremmo se non sentissimo
Le stelle macinanti granello a granello
Alla sua faccia di ossa la nostra stessa semenza.

Come ci afferrano sottili e spessi,
Questi morti a ventosa!
Non è una mia parente e tuttavia
Parente è questa signora: succhierà

Blood and whistle my marrow clean
To prove it. As I think now of her head,

From the mercury-backed glass
Mother, grandmother, greatgrandmother
Reach hag hands to haul me in,
And an image looms under the fishpond surface
Where the daft father went down
With orange duck-feet winnowing his hair –

All the long gone darlings: they
Get back, though, soon,
Soon: be it by wakes, weddings,
Childbirths or a family barbecue:
Any touch, taste, tang's
Fit for those outlaws to ride home on,

And to sanctuary: usurping the armchair
Between tick
And tack of the clock, until we go,
Each skulled-and-crossboned Gulliver
Riddled with ghosts, to lie
Deadlocked with them, taking root as cradles rock.

THE THIN PEOPLE

They are always with us, the thin people
Meagre of dimension as the grey people

On a movie-screen. They
Are unreal, we say:

Sangue, mi svuoterà tutto il midollo
Per dimostrarlo. Io medito sulla sua testa

E ora dal cristallo col fondo di mercurio
Madre, nonna e bisnonna
Fanno un cerchio di streghe, vogliono prendermi dentro,
E un'immagine appare nell'acqua della peschiera
Dove andò giù l'antenato un po' matto
Facendosi vento ai capelli con zampe arancione di papero –

Tutti i cari da tempo scomparsi: ma essi
Ben presto ritornano,
Presto: per sagre, matrimoni,
Battesimi o scampagnate di famiglia:
Ogni pizzico, uzzolo, ogni pungolo
Quei fuorilegge li fa riaccorrere a casa,

Al rifugio: usurpando la poltrona
A braccioli fra il tic
E tac dell'orologio, finché noi si vada,
Ognuno Gulliver teschio-e-ossa-incrociate
Crivellato di spettri, a giacere
Murati con loro, impiantati, a un dondolìo di culle.

I TIPI ESILI

Sono sempre fra noi, questi tipi esili
Senza dimensione come le figure grige

Su uno schermo. Sono,
Diciamo, irreali:

It was only in a movie, it was only
In a war making evil headlines when we

Were small that they famished and
Grew so lean and would not round

Out their stalky limbs again though peace
Plumped the bellies of the mice

Under the meanest table.
It was during the long hunger-battle

They found their talent to persevere
In thinness, to come, later,

Into our bad dreams, their menace
Not guns, not abuses,

But a thin silence.
Wrapped in flea-ridden donkey skins,

Empty of complaint, forever
Drinking vinegar from tin cups: they wore

The insufferable nimbus of the lot-drawn
Scapegoat. But so thin,

So weedy a race could not remain in dreams,
Could not remain outlandish victims

In the contracted country of the head
Any more than the old woman in her mud hut could

Keep from cutting fat meat
Out of the side of the generous moon when it

Fu in un film, fu soltanto
In una guerra dalle sinistre notizie, quando

Eravamo piccoli, che essi a forza di fame
Divennero così smunti e poi non rimpolparono

Le loro filiformi membra benché la pace
Rimpinguasse le pance dei topi

Sotto la più misera delle mense.
Fu durante la lunga battaglia della fame

Che scoprirono il loro talento a perseverare
In esilità, per venire, più tardi,

Nei nostri brutti sogni, minacciando
Non con fucili, non con prepotenze,

Ma con un esile silenzio.
Avvolti in pulciose pelli di somaro,

Senza lagnarsi, pur sempre bevendo aceto
Da bicchieri di latta: circonfusi

Dall'insostenibile aureola dei segnati
Capri espiatori. Ma una così esile,

Così sparuta razza non poteva restare nei sogni,
Non poteva restare razza di estranee vittime

Nell'angusta contrada della testa
Più di quanto la strega nel suo tugurio di fango

Potesse fare a meno di tagliare la polpa
Dal fianco della generosa luna quando

Set foot nightly in her yard
Until her knife had pared

The moon to a rind of little light.
Now the thin people do not obliterate

Themselves as the dawn
Greyness blues, reddens, and the outline

Of the world comes clear and fills with colour.
They persist in the sunlit room: the wallpaper

Frieze of cabbage-roses and cornflowers pales
Under their thin-lipped smiles,

Their withering kingship.
How they prop each other up!

We own no wildernesses rich and deep enough
For stronghold against their stiff

Battalions. See, how the tree boles flatten
And lose their good browns

If the thin people simply stand in the forest,
Making the world go thin as a wasps' nest

And greyer; not even moving their bones.

Notturnamente passava il suo cortile,
Finché non l'avesse il suo coltello ridotta

La luna a una buccia di piccola luce.
Ma questi tipi esili non obliterano se stessi,

Né spariscono, quando il grigiore
Dell'alba s'inazzurra, s'arrossa, e il profilo

Del mondo diventa chiaro e si riempie di colore.
Persistono nella stanza assolata: il fregio

Del parato a rose e fiordalisi sbiadisce
Sotto i loro sorrisi di esili labbra,

Loro languente affinità.
Come si sostengono a vicenda!

Non abbiamo un deserto ricco e profondo abbastanza
Per far da baluardo contro i loro

Tenaci battaglioni. Guardate, anche i tronchi
D'albero s'appiattiscono e il loro bel marrone se ne va,

Se appena costoro si impuntano nella foresta
Riducendo anche il mondo all'esilità di un nido di vespe

E più grigio; senza nemmeno spostare le loro ossa.

THE GHOST'S LEAVETAKING

Enter the chilly no-man's land of about
Five o'clock in the morning, the no-colour void
Where the waking head rubbishes out the draggled lot
Of sulphurous dreamscapes and obscure lunar conundrums
Which seemed, when dreamed, to mean so profoundly much,

Gets ready to face the ready-made creation
Of chairs and bureaus and sleep-twisted sheets.
This is the kingdom of the fading apparition,
The oracular ghost who dwindles on pin-legs
To a knot of laundry, with a classic bunch of sheets

Upraised, as a hand, emblematic of farewell.
At this joint between two worlds and two entirely
Incompatible modes of time, the raw material
Of our meat-and-potato thoughts assumes the nimbus
Of ambrosial revelation. And so departs.

Chair and bureau are the hieroglyphs
Of some godly utterance wakened heads ignore:
So these posed sheets, before they thin to nothing,
Speak in sign language of a lost otherworld,
A world we lose by merely waking up.

Trailing its telltale tatters only at the outermost
Fringe of mundane vision, this ghost goes
Hand aloft, goodbye, goodbye, not down
Into the rocky gizzard of the earth,
But towards a region where our thick atmosphere

Diminishes, and God knows what is there.
A point of exclamation marks that sky

IL COMMIATO DEL FANTASMA

Entra nella gelida terra di nessuno delle
Cinque a un dipresso del mattino, vuoto del non-colore
Dove al risveglio la testa sfrega via la fangosa partita
Di sulfurei paesaggi onirici e oscuri rebus lunari
Che sognati parevano tanto significanti,

Si appresta a fronteggiare il confezionato universo
Di sedie, scrivanie, lenzuola gualcite dal sonno.
È questo il regno dell'apparizione che svanisce,
Fantasma oracolare che su gambe a spillo digrada
A un nodo di biancheria, il classico mucchietto di lenzuola

Alzato su, come una mano, in segno di addio.
A questa congiuntura fra due mondi e due modi
Di tempo incompatibili, la materia grezza
Dei nostri più prosaici pensieri assume un'aureola
Di sublime rivelazione. E così le dipartite.

Sedia e scrittoio sono i geroglifici
Di qualche arcano discorso che il desto cervello ignora:
Così i sagomati lenzuoli, prima di assottigliarsi nel nulla,
Parlano con i segni di un perduto altromondo,
Mondo che ci è bastato ridestarci per perderlo.

Traendo i suoi stracci-segnale soltanto sulla più esterna
Frangia della visione mondana, questo fantasma va,
Alza la mano, ciao, ciao, non giù dentro
Il buzzo roccioso della terra, ma verso
Una regione dove la nostra greve atmosfera

Diminuisce e Dio sa cosa c'è.
Un punto esclamativo contrassegna quel cielo

In ringing orange like a stellar carrot.
Its round period, displaced and green,
Suspends beside it the first point, the starting

Point of Eden, next the new moon's curve.
Go, ghost of our mother and father, ghost of us,
And ghost of our dreams' children, in those sheets
Which signify our origin and end,
To the cloud-cuckoo land of colour wheels

And pristine alphabets and cows that moo
And moo as they jump over moons as new
As that crisp cusp toward which you voyage now.
Hail and farewell. Hello, goodbye. O keeper
Of the profane grail, the dreaming skull.

SPINSTER

Now this particular girl
During a ceremonious April walk
With her latest suitor
Found herself, of a sudden, intolerably struck
By the birds' irregular babel
And the leaves' litter.

By this tumult afflicted, she
Observed her lover's gestures unbalance the air,
Her gait stray uneven
Through a rank wilderness of fern and flower.
She judged petals in disarray,
The whole season, sloven.

In squillante arancione come un'astrale carota.
Il suo circolare periodo, sfasato e acerbo,
Sospende accanto a esso il primo punto, iniziale

Punto dell'Eden, vicino alla curva della nuova luna.
Va', fantasma di nostra madre e nostro padre, fantasma di
noi,
E fantasma dei figli dei nostri sogni, in quelle lenzuola
Significanti la nostra origine e fine,
Al paese di cuccagna di ruote colorate

E primordiali alfabeti e mucche che mugghiano
E mugghiano zompando sopra lune, nuove come
Quello spicchio tagliente verso il quale ora viaggi.
Salve e addio. Ciao, carissimo. O custode
Del graal profano, del teschio sognante.

ZITELLA

E così questa particolare ragazza
In una cerimoniosa passeggiata d'aprile
Col suo più recente pretendente
Si trovò all'improvviso oltremodo sconvolta
Dalla sfrenata babele degli uccelli,
Da quel mare di foglie.

In preda a questo tumulto, osservava
I gesti del suo innamorato che sbilanciavano l'aria,
E il proprio passo vagante ineguale
In quel solitario rigoglio di felci e fiori.
Giudicava i petali in scompiglio,
E la stagione in generale, sciatta.

How she longed for winter then! –
Scrupulously austere in its order
Of white and black
Ice and rock, each sentiment within border,
And heart's frosty discipline
Exact as a snowflake.

But here – a burgeoning
Unruly enough to pitch her five queenly wits
Into vulgar motley –
A treason not to be borne. Let idiots
Reel giddy in bedlam spring:
She withdrew neatly.

And round her house she set
Such a barricade of barb and check
Against mutinous weather
As no mere insurgent man could hope to break
With curse, fist, threat
Or love, either.

THE BEEKEEPER'S DAUGHTER

A garden of mouthings. Purple, scarlet-speckled, black
The great corollas dilate, peeling back their silks.
Their musk encroaches, circle after circle,
A well of scents almost too dense to breathe in.
Hieratical in your frock coat, maestro of the bees,
You move among the many breasted hives,

My heart under your foot, sister of a stone.

Come desiderò allora l'inverno! –
Scrupolosamente austero nel suo ordine
Di bianco e nero
Ghiaccio e roccia, ogni senso nei suoi limiti,
E la gelida disciplina del cuore
Esatta come fiocco di neve.

Ma ecco - un germogliare
Anormale abbastanza da mettere in scompiglio
Le sue cinque regali facoltà –
Un tradimento da non tollerare. Sì, impazziscano pure
Gli idioti nel manicomio primavera:
Lei se ne tirò subito fuori.

E mise tutt'intorno alla sua casa
Tale una barricata di spine e impedimenti
Contro quella stagione sediziosa
Che nessun uomo all'assalto poté sperare d'infrangerla
Per anatemi, pugni o terrore:
E nemmeno per amore.

LA FIGLIA DELL'APICULTORE

Un giardino di smorfie. Purpuree, screziate di scarlatto, nere
Le grandi corolle si dilatano, si rispogliano della loro seta.
Il loro muschio usurpa, cerchio dopo cerchio,
Un pozzo di profumi quasi troppo densi per respirarvi.
Ieratico nel tuo camice, *maestro* delle api,
Tu incedi fra gli alveari dai molti petti,

Sotto il tuo piede è il mio cuore, sorella di una pietra.

Trumpet-throats open to the beaks of birds.
The Golden Rain Tree drips its powders down.
In these little boudoirs streaked with orange and red
The anthers nod their heads, potent as kings
To father dynasties. The air is rich.
Here is a queenship no mother can contest –

A fruit that's death to taste: dark flesh, dark parings.

In burrows narrow as a finger, solitary bees
Keep house among the grasses. Kneeling down
I set my eye to a hole-mouth and meet an eye
Round, green, disconsolate as a tear.
Father, bridegroom, in this Easter egg
Under the coronal of sugar roses

The queen bee marries the winter of your year.

THE TIMES ARE TIDY

Unlucky the hero born
In this province of the stuck record
Where the most watchful cooks go jobless
And the mayor's rôtisserie turns
Round of its own accord.

There's no career in the venture
Of riding against the lizard,
Himself withered these latter-days
To leaf-size from lack of action:
History's beaten the hazard.

Gole-trombe si schiudono ai becchi degli uccelli.
L'Albero Pioggiadoro spande giù le sue ciprie.
In questi *boudoirs* a strie di rosso e arancio
Scuotono le loro teste le antere, potenti come re
A generare dinastie. L'aria è ricca.
Ecco una reginanza che nessuna madre può sfidare –

Un frutto che è morte assaggiarlo: buia polpa, buie scorze.

In tane strette come un dito, api solitarie
Stanno di casa in mezzo all'erba. Inginocchiata
Fisso l'occhio su un foro e incontro un occhio
Tondo, verde, dolente come una lacrima.
Padre, sposo, in questo uovo di Pasqua
Sotto la ghirlanda di rose zuccherine

L'ape regina impalma l'inverno del tuo anno.

TEMPI NORMALI

Sfortunato l'eroe nato
In questa plaga dove il disco s'è incantato
Dove i più bravi cuochi sono senza lavoro
E il girarrosto del sindaco va
Per conto suo, per inerzia.

Non si fa carriera a avventurarsi
Lancia in resta contro il drago,
Lui stesso rinsecchito in questi ultimi tempi
Per mancanza d'azione a uno spessore di foglia:
La storia ha battuto l'azzardo.

The last crone got burnt up
More than eight decades back
With the love-hot herb, the talking cat,
But the children are better for it,
The cow milk's cream an inch thick.

L'ultima strega l'hanno bruciata viva
Più di ottant'anni fa
Con l'erba amoreardente, col gatto parlante,
Ma i bambini ci hanno guadagnato,
Il latte di mucca ha la panna alta un dito.

NOTE AL TESTO

MORTE & C.
Morte (*death*) è in inglese nome maschile; maschili sono dunque tutte le sue personificazioni. pagina 41

LA LUNA E IL CIPRESSO
Ho preferito tradurre con *cipresso* (anziché più propriamente con *tasso*) l'inglese *yew tree* allo scopo di favorire nel lettore una più immediata associazione col valore simbolico dell'albero, secondo la tradizione italiana. pagina 59

LA POESIA DI SYLVIA PLATH

Un'analisi tecnica

di
John Frederick Nims

Il saggio « The Poetry of Sylvia Plath » fa parte del volume *The Art of Sylvia Plath - A Symposium*, a cura di Charles Newman, Indiana University Press, Bloomington e Londra 1970.

Desidero offrire una sorta di analisi tecnica della poesia di Sylvia Plath. Tra tanti discorsi di cultura, di poetica e di metafisica molti penseranno che mi presento con funzioni assai umili, come un callista tra i chirurghi, stringendomi al petto una borsa di citazioni invecchiate di Michelangelo, di Goethe e di Valéry, da brandire ogni tanto con gesto di sfida. « L'artista che non è anche un artigiano non è un artista » (Goethe). « Le inezie fanno la perfezione, ma la perfezione non è un'inezia » (Michelangelo).

Certo, è vero che Sylvia Plath è stata colpita dalla folgore del genio, ma è anche vero che ha passato la maggior parte della sua vita a crearsi il linguaggio che facesse da conduttore a quella folgore senza fondersi all'istante. Ben poco si può dire di come si venga colpiti dalla folgore, ma molto su come forgiare un metallo resistente.

Possiamo cominciare dicendo ai giovani scrittori: « Per il momento mettete da parte *Ariel*, studiate *The Colossus* (Il colosso). Osservate la forma delle strofe, l'impiego del ritmo e della rima; osservate come sono scelte e collegate le immagini, con quanta premeditazione siano usati gli effetti musicali. Non è un caso, per esempio, che ci siano sette *a* uguali, monotone in « *...salt flats, /*

Gas tanks, factory stacks – that landscape » (...sabbia, i serbatoi, residuati di fabbrica ammucchiati – quel paesaggio)[1]. Ricordate che in *The Bell Jar* (La campana di vetro) dice di aver scritto « *pagine e pagine di sonetti e villanelle in un semestre, per un solo corso* ». Forse per uno scrittore è questo il nocciolo del *caso* Plath: senza il faticoso lavoro di *The Colossus* la bellezza di *Ariel* sarebbe impensabile[2].

Parlo per esperienza, da insegnante. Quanti poeti ci sono tra i giovani dai capelli lunghi delle università della nostra amata patria? 50.000? 200.000? Certo più che in qualsiasi altro momento della storia del mondo. Essere un *poeta* va di moda tra i giovani: ne prendono l'aspetto e sbattono sulla carta i sacri pensieri che nessuno dei « vecchi » ha mai pensato prima, e se ne vanno in giro a gruppi travestiti da poeti; non conformisti proprio come migliaia di loro simili, e come se la godono! Peccato che non lavorino molto. Spontaneità, pensano, ecco quello che ci vuole. Dillo com'è, come ti viene da dentro. Ma Sylvia Plath in un breve discorso introduttivo per un disco ha seccamente rifiutato questo tipo di pigrizia: « *Penso che la mia poesia sia frutto diretto delle esperienze dei miei sensi e delle mie emozioni, ma devo dire che* non posso *provare simpatia per quelle "grida del cuore" che non prendono forma che dalla droga o dalla violenza o da qualsiasi altra cosa sia. Credo che si dovrebbe saper controllare, manipolare le esperienze anche le più terribili, come la follia, come la tortura... e che si dovrebbe saperle manipolare con una mente lucida che dia loro forma...* »[3].

« *Controllare* », « *manipolare* », « *dar forma* », « *lucida* », « *mente* », ai nostri fini queste sono le parole chiave. Il che non vuol dire che la poesia non « venga » mai con facilità (anche se accade raramente), ma viene solo lungo percorsi laboriosamente preparati prima, di solito per anni.

Ho intenzione di discutere il lavoro di un buon poeta contemporaneo nei termini di quello che ha costituito la sostanza della poesia dovunque e da sempre. Sono caratteristiche veramente immutabili e potrebbero essere illustrate usando uno qualsiasi dei grandi poeti della nostra tradizione letteraria: Saffo, Catullo, l'Arcipoeta, Bernart de Ventadorn, Villon, San Juan de la Cruz, Goethe, Leopardi, Valéry, Rilke o i poeti inglesi che presumibilmente conosciamo meglio. Uno dei modi più frivoli di giudicare la poesia è pensare alla sua importanza oggi. Di fronte ai dieci poeti che ho nominato sono colpito da quanto universali, lontane dal contemporaneo, siano le loro qualità essenziali. San Juan de la Cruz non parla quasi affatto degli avvenimenti del suo tempo. Un poeta, tanti anni fa, ha amato una fanciulla per le stesse ragioni per cui la amiamo ancora oggi:

ἔρατόν τε βᾶμα
κἀμάρυχμα λάμπρον ἴδην προσώπω

(l'amabile incedere
e il radioso e splendido volto)

o forse perché, usando una metafora:

sa beutatz alugora
bel jorn e clarzis noih negra...

(la sua bellezza illumina
il bel giorno e schiarisce la nera notte...)

E quando invecchia il lamento è ancora: « *Quelle fus, quelle devenue!* » (Com'era, e come è diventata!). Chiunque può essersi soffermato in meditazioni come quelle dell'Arcipoeta « *In amaritudine loquor meae menti* » (Amaramente parlo a me stesso) o aver fissato il cielo « *Gestaltenreiche, bald Gestaltenlose* » (Consistenti prima, poi evanescenti) o aver pensato che la notte è « Dolce e chiara... e senza vento ». Di qualsiasi lingua si tratti in fondo è questo che caratterizza la poesia.

La poesia, se esiste, è la voce vera di un uomo vero in un mondo vero. Il mondo cambia meno di quanto crediamo e il corpo umano, con i suoi organi vocali, probabilmente non cambia affatto. Il valore universale della poesia di Sylvia Plath sta in quello che ha in comune con poeti come quelli che ho nominato (anche se non sto cercando di sostenere che sia anche al loro livello): nella sensibilità per la lingua e per la metafora, nella autentica qualità di voce umana dei suoni della sua poesia e nei ritmi fisici che le danno forza.

Per Aristotele la metafora (e qui intendo anche la similitudine e tutte le forme metaforiche del percepire) era « senza confronti la cosa più importante... la sola che non si potesse imparare, il segno della genialità ». Alcuni teorici contemporanei sono contro la metafora anche se negarne l'importanza significa non solo impoverire la poesia, ma far violenza alla mente umana.

Sembra che una buona metafora dovrebbe avere due caratteristiche: quando si confronta *A* con *B*, *B* è tanto diverso da *A* da sorprenderci, a prima vista in modo piacevole o violento, e nello stesso tempo *B* è comune, familiare almeno quanto *A*. Oppure anche più familiare poiché il fine della metafora è di farci percepire più chiaramente.

Credo che Sylvia Plath sappia usare la metafora meglio di altri *confessional poets* tra i quali viene di solito classificata.

Nei suoi due libri quasi tutte le metafore colgono il segno, hanno le qualità di cui parlavo (e spesso ne hanno anche una terza a cui posso solo accennare qui. Non solo *A* è simile a *B* per qualche aspetto importante, ma si ricarica dei significati propri di *B* che finiscono col permearlo completamente. È il caso della immagine dello *smile-hook*, il sorriso-amo). In *The Colossus* troviamo « *The pears fatten like little buddhas* » (Le pere ingrassano come piccoli budda). I cadaveri sono « *black as burnt turkey* » (neri come arrosto bruciato); oppure « *Sun struck the water like a damnation* » (il sole colpiva l'acqua come una condanna all'inferno) e « *Everything glittered like blank paper* » (Tutto brillava come una pagina bianca). Le talpe morte sono « *shapeless as flung gloves... blue suede* » (senza forma, guanti buttati da parte... di camoscio blu) e hanno « *corkscrew noses* » (nasi a cavatappi). Un serpente morto è « *inert as a shoelace* » (inerte come una stringa da scarpe) e i bruchi sono « *thin as pins* » (sottili come spilli) mentre il legno bruciato è « *char of karakul* » (ha la lucentezza del persiano). In *Ariel* si dice di un bambino appena nato che « *Love set you going like a fat gold watch* » (L'amore ti ha messo in moto come un grosso orologio d'oro da taschino) e della sua voce che « *The clear vowels rise like balloons* » (Le vocali chiare si librano come palloncini). I sorrisi in una foto di famiglia « *catch onto my skin, little smiling hooks* » (mi entrano sotto la pelle, piccoli ami sorridenti). La neve che cade sulla ritirata di Napoleone « *is marshalling its brilliant cutlery* » (guida in battaglia le sue lame scintillanti) e uno sciame di api è « *A flying hedgehog, all prickles* » (Un porcospino volante, tutto aculei).

Sylvia Plath dimostra anche un totale controllo delle figure che usa. È una questione di tatto e di attenzione: a che punto si può lasciar cadere una metafora o dissolverla in un'altra? I cattivi scrittori spesso accumulano le immagini con così poca cura che i risultati appaiono comici o grotteschi come in una foto che un fotografo inesperto abbia esposto due volte. E qualche volta succede anche agli scrittori bravi.

Sylvia Plath è più attenta, più cosciente delle immagini che usa. « *Hardcastle Crags* » (Le rupi di Hardcastle) si apre con:

Flintlike, her feet struck
Such a racket of echoes from the steely street,
...that she heard the quick air ignite
Its tinder and shake

A firework of echoes...

(Come pietre focaie i piedi battevano
echi scomposti dalla strada d'acciaio,
...e sentì l'aria accendersi come l'esca
A scatenare

le castagnole dell'eco...)

« *Flintlike* », come una pietra focaia, è l'immagine di apertura e quindi la strada è « *steely* », d'acciaio, l'aria « *tinder* », esca che può accendere « *firework* », fuochi d'artificio, castagnole. Quattro strofe più avanti la poetessa è « *a pinch of flame* », appena una fiammella, e l'ultima strofa è « *Enough to snuff the quick / Of her small heat out* » (Abbastanza da spegnere la vita / Del suo piccolo fuoco). Aveva cominciato con l'essere pietra focaia, finisce come « *mere quartz grit* », semplice pietrisco. In *The Colossus,* un primo abbozzo per « *Daddy* » (Papà), l'immagine della statua caduta e a pezzi è sostenuta attraverso l'intera poesia. In *Ariel* questo annodarsi, intrecciarsi di immagini si trova dappertutto; le immagini d'acqua e subacquee di « *Tulips* » (Tulipani) sono solo un esempio tra i più ovvi. « *Getting There* » (Arrivare là) è completamente metaforica e il linguaggio di « *Daddy* », di « *Lady Lazarus* » e di « *Fever 103°* » (Febbre a quarantuno) è riccamente e coerentemente figurativo.

Ogni pagina di Sylvia Plath dimostra la sua costante preoccupazione per il valore musicale delle parole. In *The Colossus* la preoccupazione sembra quasi eccessiva a meno di non vederla come preparatoria per *Ariel*. La musicalità è un elemento della poesia di cui è difficile parlare, senso e non senso arrivano quasi a toccarsi e il confine che li divide è sottile e in continuo movimento. Herbert Read nel capitolo sulle parole del suo *English Prose Style* (Lo stile della prosa inglese) fa un discorso sensato; sostiene che « la proprietà del suono » è « forse l'aspetto più importante dello stile in quanto esso è determinato dalla scelta delle parole. La precisione non basta; le parole hanno, al di là del significato, una loro corposità e talvolta è questa corposità che conta di più. Molti poeti sarebbero d'accordo con l'idea di Valéry che « il lavoro del poeta consiste meno nel cercare parole per esprimere le idee che nel cercare le idee per le proprie parole e i propri ritmi ». Molti altri non sarebbero d'accordo, pensano: « Non mi si può disturbare con tali sciocchezze mentre ho Queste Cose Così Importanti da Dire ». Come se in una corsa ad ostacoli ci si potesse lamentare perché gli ostacoli rallentano la velocità.

Le parole sono tanto più espressive quanto più assomigliano in qualche modo al loro significato: rapide o lente, rudi o acute, o prodotte da movimenti della bocca o delle labbra che imitano la dinamica del rifiuto o il prolungarsi di una carezza. Per questo Catullo ci ha probabilmente dato il miglior bacio di tutta la letteratura con il suo « *Illo purpureo ore suaviata* » (resa soave da quella bocca rossa) in cui non solo il movimento delle labbra è appropriato ma, nella prosodia latina le due *o* aperte si fondono. Sono effetti che vanno oltre la semplice onomatopea, effetti che si trovano anche in Sylvia Plath quando sono necessari, come in « *Night Shift* » (Turno di notte) che è forse un esercizio alla maniera di « *Swarte smekyd smethes* » (fabbri neri di fumo). Dal laboratorio della Plath esce un rumore meno metallico, piuttosto « *a muted boom* », un rimbombare soffocato:

though the sound
Shook the ground with its pounding.

(sebbene il rumore
Scuotesse il suolo coi suoi colpi.)

Ci sono molti suoni deliberatamente brutti in « *Night Shift* » specialmente nel modo in cui rimbalzano da una parola all'altra « *A metal detonating / Native, evidently... indefatigable fact* » (Un detonatore metallico / evidentemente indegno... un fatto infaticabile). Ancora più interessanti di onomatopee come queste sono quelle parole i cui suoni sono in rapporto di analogia, una specie di sciarada, col significato: « smudge *is smudgy to say* » (ci si sporca a dire sporco); « globe *is a roundness in the mouth* » (palla è una rotondità della bocca), « sling *hisses and then lets go* » (fionda fischia e il colpo parte). Nelle migliaia di ore passate a mettere a punto il suo lessico poetico Sylvia Plath deve aver considerato le parole come incarnazioni concrete e deve aver studiato quello che accade quando parole e incarnazioni vanno fianco a fianco. I poeti hanno la tendenza a mantenere il proprio linguaggio in una gamma uniforme di suoni e a organizzarne il disegno all'interno di quella gamma affinché quanto scrivono abbia una tessitura più solida e regolare di quella del linguaggio comune; la lingua parlata è un tessuto irregolare, il linguaggio poetico una stoffa accuratamente intessuta. Oppure si sforzano di evitare la ripetizione dei suoni quando non ha significato o è inutilmente brutta.

In ogni pagina di *The Colossus* troverete ripetizioni e strutture espressive ricorrenti: « *greased machines* » (macchine oliate), « *gristly-bristled* » (dal mantello oleoso), « *wingy myths* » (miti alati), « *cuddly mother* » (madre dall'abbraccio affettuoso), « *clumped like bulbs* » (serrati come bulbi tra loro), « *lambs jam the sheepfold* » (gli agnelli affollano il gregge). In « *Mushrooms* » (Funghi) « *Our toes, our noses / Take hold on the loam...Soft fists insist on / Heaving the needles* » (Le nostre dita, i nostri nasi / Prendono piede sul terreno... Teneri pugni insistono / A sollevare gli aghi di pino).

In genere il fine di questi effetti sonori è chiaro: in « serrati come bulbi » e in « agnelli affollano » il suono stesso sembra ammucchiato e affollato.

Spesso Sylvia Plath ripete parecchie volte lo stesso suono: « *Drinking* vin*egar from t*in *cups* » (Bevendo aceto da bicchieri di latta). Potremmo assumere un tono di importanza e parlare di « una acidità metallica che fa contrarre appena le labbra », ma il massimo che possiamo onestamente dire è che la ripetizione del suono *in* è in qualche modo metallica. I bicchieri di latta fanno *click* o *clink* piuttosto che *clank* o *clunk*. Se affermiamo che l'uccello « *flits nimble-winged in thickets* » (che scatta con le ali leggere tra i cespugli), ha cinque *i* brevi per suggerire la rapidità, abbiamo Platone dalla nostra; anche lui credeva che la *i* breve fosse il più rapido dei suoni vocalici. È facile cogliere la monotonia espressa da: « *daylight lays its sameness on the wall* » (la luce del giorno si deposita uguale a se stessa sul muro), e provare un senso di spiacevole claustrofobia davanti a « *This shed's fusty as a mummy's stomach* » (Questo capanno ammuffito come lo stomaco di una mummia). I versi la cui forma è in qualche modo simile al proprio significato sono moltissimi come la grande scrofa « *Sow* » (Scrofa) che è:

Mire-smirched, blowzy,
Maunching thistle and knotweed on her snout-cruise...

(Incrostata di fango, enorme
E ruminava erbe e cardi lungo il cammino col grugno a terra...)

o la sensazione quasi tattile del terreno sassoso in:

What flinty pebbles the ploughblade upturns
As ponderable tokens...

(Quelle pietre focaie che l'aratro porta alla luce
come segni trangibili...)

in cui la *ond* di *ponderable* deve aver aiutato ad evocare il *godly* (divino) e il *doddering* (tremanti-fruscianti) del verso che segue.

Gli effetti musicali sono, in sé, irrilevanti e la facilità nel maneggiarli da sola non fa mai poesia; può temprare il metallo, mai far scattare il fulmine dai cieli come accade invece in molte delle poesie di *Ariel*. Qui gli effetti musicali si impongono meno all'attenzione, sono più sottili, usati con parsimonia, conservati per quando veramente contano. Ma ci sono: « *square as a chair* » (squadrato come una sedia), « *strips of tinfoil winking* » (strisce di stagnola ammiccano), « *starless and fatherless, a dark water* » (un'acqua oscura, orfana e senza stelle), e ce ne sono molti nel gruppo delle poesie dedicato alle api: « *were there not such a din in it* » (se non avesse un tal rintocco), « *the unintelligible syllables* » (le sillabe incomprensibili). In « *Lady Lazarus* » ci sono cose come: « *the flesh / The grave cave ate* » (la carne / Che il sepolcro ha mangiato). « *Lesbos* » (Lesbo)[4] si apre con un sibilare maligno, ma la vera vetrina degli effetti musicali è « *Nick and the Candlestick* » (Nick e il candelabro)

I am a miner. The light burns blue
Waxy stalactites
Drip and thicken...

(Sono un minatore. La luce brucia blu
Lucide stalattiti
Gocciolano e inspessiscono...)

Che contrasto tra il gelido brillare di

Christ! they are panes of ice,
A vice of knives...

(Cristo! Sono forme di ghiaccio,
Una morsa di coltelli...)

e il calore polposo di queste parole rivolte ad un bambino

The blood blooms clean
in you, ruby

(Il sangue fiorisce pulito
in te, stella)

L'effetto musicale che colpisce ancora di più in *Ariel* è il tipo di rime usate. C'è veramente qualcosa di nuovo, per quanto sia difficile fare qualcosa di nuovo con un mezzo così logorato e così primitivo come la rima. Un mezzo primitivo che piace ai bambini, alla gente semplice e ai compositori di canzoni popolari, autentiche o fasulle. Solo alcuni dei nostri teorizzatori più intellettuali, che comunque scrivono come se non avessero nemmeno un corpo, lo condannano con disgusto.

Le rime che incontriamo in *The Colossus* sono già ad uno stadio di evoluzione assai avanzato. Possiamo presumere che Sylvia Plath abbia esaurito in centinaia di poesie precedenti il gusto per la rima strettamente regolare; è veramente una sorpresa incontrare in « *Snakecharmer* » (L'incantatore di serpenti) il gruppo *breast-manifest-nest* (petto, manifesto, nido). Di solito preferisce rime più atonali; lo stesso suono vocalico seguito da consonanti diverse: *fishes-pig-finger-history*; *worms-converge* (pesci-maiale-dito-storia; vermi-convergere). Oppure suoni vocalici diversi, ma con la stessa consonante finale: *vast-compost-must* (vasto-composto-dovere), *knight-combat-heat* (cavaliere-lotta-calore) – ed è questa la forma più tipica della rima in *The Colossus* – o ancora sillabe non accentate che si accompagnano a sillabe accentate o non accentate come *boulders-wore*; *footsoles-babel* (massi-portava; suole-babele). Tratta tutte le vocali finali come se rimanessero comunque tra loro: *jaw-arrow-eye* (mascella-freccia-occhio), forse sotto l'influenza dell'uso nel *Middle English;* oppure accoppia suoni che non hanno quasi nulla in comune: *ridgepole-tangle-inscrutable* (architrave-nodo-inscrutabile). I legami si fanno così vaghi che non sempre è chiaro quando siano intenzionali. *Depths-silver-there* (profondità-argento-là) possono essere considerate rime? Si incontrano alla fine di una poesia in terzine a rime regolari fino a questa strofa. In « *Suicide Off Egg Rock* » (Suicidio a Egg Rock) ciascuna delle parole finali dei ventiquattro versi rima, a suo modo, con un'altra, ma l'orecchio non coglie gli accoppiamenti in una lista di parole come: *drizzled*, *flats*, *landscape*, *of*, *updraught*, *damnation*, *into*, *tattoo*, *children*, *spindrift*, *wave*, *gallop*, *sandspit*, *blindfold*, *garbage*, *forever*, *eyehole*, *brainchamber*, *pages*, *paper*, *corrosive*, *wastage*, *water*, *ledges* (bagnati dalla pioggia, distese, paesaggio, di, vento, dannazione, dentro, parata, bambini, spuma, onda, corsa, duna, accecato, spazzatura, sempre, orbita, scatola cranica, pagine, foglio, corrosivo, spreco, acqua, scogli) (anche se la lista è interessante dal punto di vista del lessico). Rime di questo genere sono più importanti per lo scrittore che per qualsiasi lettore a cui molto spesso sfuggono. Si ha quasi la sensazione che Sylvia Plath fosse ossessionata dalla rima, che la ritenesse essenziale per la poesia, ma che a volte rendesse un omaggio puramente simbolico a questa regola. Lei conosce le rime delle sue poesie, anche se noi non sappiamo individuarle. Possiamo chiamarle « rime puramente simboliche »? O « rime fantasma », visto che ritornano come uno spettro mai completamente esorcizzato? Oppure l'intera questione è del tutto irrilevante? È chiaro comunque che per Sylvia Plath non era affatto irrilevante.

In *Ariel* l'uso della rima è del tutto diverso, in alcune poesie è ancora più « fantasma », ma più spesso è ovvio, si tratta di rime in piena vista. Lo stesso suono può rincorrersi da strofa a strofa con una rima quasi identica. « *Lady Lazarus* » illustra questa nuova maniera; la poesia è stampata in unità di tre versi, ma la rima non corrisponde al modello della terzina che Sylvia Plath predilige. Sei dei primi dieci versi finiscono con il suono *n* seguito da una sequenza di suoni *i*-lunghi che si ritrovano in circa la metà dei 22 versi che seguono. Poi, dopo altre sei *n* abbiamo la finale *l* in undici versi su quattordici, e poi parecchie *r* che conducono a sei o più rime in *air* che chiudono le sequenze. Sembra quasi Skelton: che il poeta voglia sostenere un suono il più a lungo possibile, anche se non in versi successivi. Potremmo chiamarla « rima irrefrenabile » perché ci sembra giusto considerarla in qualche modo collegata con i bisogni di una psiche esacerbata piuttosto che come un semplice trucco letterario. La maggior parte delle poesie che seguono « *Lady Lazarus* » presentano questo uso della rima (anche se la tendenza appare meno marcata in « *Berck-Plage* »). « *Lesbos* » è tenuta insieme da questa « rima irrefrenabile » interrotta a tratti da distici che ricordano Eliot – e in realtà « *Lesbos* » è il suo « *Portrait of a Lady* » (Ritratto di signora) e il suo « *Prufrock* », perfino con gli stessi frangenti « bianchi e neri ». In « *Daddy* » la spinta a rimare si fa ossessione, forse mai nella storia della poesia questo strumento espressivo è stato usato ad un tale livello di intensità, mescolando amore e odio attira e deride facendosi ancora più insistente verso la fine che all'inizio cosicché la forma nega quello che il contenuto afferma. Più di metà dei versi terminano con il suono *u* e di questi quasi la metà con la parola *you.* E se questa non è rima! Le poesie sulle api allineano lo stesso tipo di « rima irrefrenabile »; 8 dei 10 ultimi versi di « *The Arrival of the Bee Box* » (L'arrivo dell'alveare) finiscono con *i* lunghe. L'intricata e tortuosa ricerca sulla rima in *The Colossus* sembra aver portato ad una semplicità che potremmo trovare monotona se non fosse così profondamente significativa.

Tutto quello che ho detto sulla rima implicava un discorso sull'uso della strofa. Sylvia Plath scrive sempre in strofe o in unità simili alla strofa. Spesso nelle ultime poesie non c'è rapporto tra strofe e schema delle rime; ciascuno va per la sua strada con una specie di indifferenza schizofrenica nei confronti dell'altro. Quello che succede per la rima, che *c'è* anche quando si nota appena, si ripete per le strofe; anche quando non c'è nessuna ragione formale di usarla il poeta rimane fedele alla sua apparenza sulla pagina. Probabilmente anche qui come per la rima siamo di fronte ad una forma di disciplina personale e interna; per il poeta non per noi. Delle « pagine di sonetti e villanelle » in *The Colossus* non è rimasto che un sonetto in novenari. Solo quattro poesie non utilizzano la strofa, e per due di esse la cosa non è del tutto chiara. Una delle poesie è in distici piuttosto liberi, le altre cinquanta sono in strofe che variano da tre a nove versi. La forma preferita è la terzina dantesca che appare in sei delle dodici poesie a strofe di tre versi. In alcune di queste poesie Sylvia Plath aggiunge ulteriore complessità alla terzina usando un verso corto per il secondo verso delle terzine dispari e per il primo e il terzo delle terzine pari in modo che la poesia assume sulla pagina l'andamento di una altalena. Le strofe più lunghe presentano un disegno assai intricato e molte variazioni; come se stesse sperimentando il massimo numero possibile di forme chiuse. In « *Black Rook in Rainy Weather* » (Cornacchia sotto la pioggia) arriva perfino a usare il sistema provenzale della *rimas dissolutas*; ogni verso rima con il verso corrispondente di ciascuna delle altre strofe.

Nonostante la qualità di parecchie poesie *The Colossus* conserva l'aria di un quaderno di esercizi. *Ariel* è del tutto diverso; ci sono meno tipi di strofe, più semplici e legate dalla rima in modo più elastico. Nella prima raccolta c'era una sola poesia in distici, nella seconda ce ne sono nove, tutto è più conciso, e di queste nessuna è a rima baciata. La rima c'è ma la sua distribuzione è irregolare. Dieci poesie sono in terzine; due sembrano simili a « *Sow* » sulla pagina sebbene usino versi più corti, ma nessuna è in terzine dantesche. Le strofe di cinque versi non presentano nessuno schema regolare di rime, ma certo la rima non manca. Solo due poesie hanno strofe più lunghe (7 versi) e c'è una poesia di nove versi sulla gravidanza (un nove metaforico: una precedente poesia sulla gravidanza era di nove versi ciascuno di nove sillabe).

E per quanto riguarda il ritmo? In *The Colossus* Sylvia Plath sembra esercitarsi con ritmi diversi così come si esercita con tutto il resto. Fino ai nostri giorni in inglese ci sono stati essenzialmente due tipi di ritmi. Il primo, predominante fino a Chaucer, era basato sul valore particolare dell'accento tonico per l'inglese. Il verso era diviso in due emistichi con due sillabe accentate ciascuno (a volte sottolineate dalla allitterazione), non importava quante sillabe non accentate ci fossero né dove si trovassero (anche se la pronuncia limita di fatto le possibilità). È un ritmo che si trova dovunque nella poesia antica:

Whére beth théy	*befóren us wéren?*
(Dove erano essi	prima che noi fossimo)

come lo si trova secoli più tardi in E.E. Cummings:

he sáng his dídn't	*he dánced his díd*
(cantava ciò che non faceva	ballava quello che faceva)

e in Sylvia Plath:

Ìncense of deáth. *Your dáy approáches.*

(Incenso di morte. Il tuo giorno s'avvicina.)

oppure

Beásts of oásis, *a bétter tíme.*

(Bestie dell'oasi un tempo migliore.)

Ransom ne parla sotto il nome di « verso popolare » o « dipodico »; lo trova in Thomas Hardy

We stoód by a pónd *that wínter dáy...*

(Allo stagno ci fermammo quel giorno d'inverno...)

e lo usa come base per la propria « *Bells for John Whiteside's Daughter* » (Rintocchi per la figlia di John Whiteside).

There was súch speéd *in her líttle bódy...*

(Tanta velocità nel piccolo corpo...)

In *The Colossus* ci sono dieci poesie che usano, liberamente questo ritmo. Le migliori sono probabilmente « *Suicide Off Egg Rock* » e « *Blue Moles* » (Talpe blu).

Come tutti sanno l'altro sistema fu importato dal continente da Chaucer. C'è ancora chi è contrario a questa importazione anche se tre quarti della poesia inglese che conta l'ha usata e la usa, e non senza successo. Il verso è costituito da cinque piedi e (in teoria, anche se in pratica succede raramente) ogni piede è di due sillabe di cui la seconda accentata. Lo troviamo in Chaucer:

Hyd, Absolom, thy giltë tresses clere..

(Oh Assalonne dalle bionde trecce...)

e in Cummings

all ignorance toboggans into know...

(tutta l'ignoranza precipita in sapere...)

Sfortunatamente lo chiamano « pentametro giambico » che a qualcuno dei nostri teorici sembra una parolaccia, al Dottor Williams per esempio, che lo ha attaccato con più rabbia che intelligenza. In fondo il giambo è il *tupum-tupum* del ritmo cardiaco, forse la prima sensazione che proviamo, mesi prima di nascere. Un ritmo perfettamente naturale che si è sempre trovato nel linguaggio umano. Aristotele lo definiva il più colloquiale tra i ritmi, quello che si usa più comunemente nella poesia e che assomiglia al discorso proprio perché appare facilmente nel parlare della gente. R.P. Blackmur ha detto di aver ascoltato registrazioni di poesia in più di trenta lingue e di aver riconosciuto in ciascuna, con la sola eccezione del cinese, un ritmo a base giambica. Insisto in questa difesa perché oggi il giambo è molto attaccato come « innaturale » anche se ci sono poeti, come Sylvia Plath, che preferiscono ancora farsi dettare i ritmi dal proprio battito cardiaco piuttosto che dalla macchina da scrivere. In *The Colossus* ci sono otto poesie in puri pentametri giambici (nel senso del ritmo cardiaco non in quello del metronomo) e quasi un'altra ventina usano il pentametro giambico liberamente o assieme a versi di lunghezza diversa. (E perché proprio il pentametro? Ha forse qualcosa a che fare con il fatto fisiologico che il cuore umano fa in media cinque pulsazioni ogni volta che respiriamo?)

Ci sono anche quattordici poesie che usano una metrica sillabica (è un metro non un ritmo) – un sistema che costruisce i versi basandosi sul numero delle sillabe senza preoccuparsi dell'accento tonico o del loro valore. Un verso costruito contando sulle dita, più estraneo alla natura dell'inglese parlato di quanto non fosse la novità introdotta da Chaucer. La gente sotto la spinta dell'emozione può usare un linguaggio ritmico, ma non conta le sillabe. È l'emozione a dare al linguaggio il tono, le sottolineature che devono pulsare se vogliamo un ritmo vitale. Un metro sillabico è fatto di elementi indifferenziati, un ritmo basato sugli accenti invece è fatto di due forze che operano una contro l'altra; non tanto la sistole e diastole degli accenti quanto il contrappunto appassionato del ritmo della lingua parlata e quello della metrica, un dialogo pieno di anticipazioni, sorprese, accordi improvvisi, una tensione tra polarità come quelle che costituiscono la nostra esistenza. Il metro sillabico al contrario è tutto di cervello, senza sesso. Ad alcuni scrittori piace perché è facile, chiunque abbia le dita o un pallottoliere può produrlo.

E tuttavia non si può negare il valore di esercitarsi con versi sillabici. Abituati al verso basato sugli accenti è facile farsi prendere da un automatismo in cui i versi « scorrono » troppo facilmente. (Naturalmente è il prevalere di brutti versi a base giambica che ha portato i nemici del giambo a una condanna così indiscriminata.) Scrivere versi sillabici può essere un salutare esercizio contro la cantilena, ed è proprio questo il valore delle poesie sillabiche in *The Colossus*, ma tendono ad essere le poesie più fredde, oggettive, intellettuali, descrittive. La passione riporta sempre il poeta al ritmo naturale, cardiaco, come in « *Witch Burning* » (Il rogo della strega):

My ankles brighten. Brightness ascends my thighs.
I am lost, I am lost, in the robes of all this light.

(Le caviglie avvampano. La vampa sale alle cosce.
Io sono perduta, perduta nelle pieghe di tanta luce.)

Un altro vantaggio del verso sillabico è che può essere utile al poeta (se non al lettore) come ulteriore principio di controllo, un modo per rendere la scrittura più difficile, per contenere (come diceva Valéry) la logorrea dell'ispirazione. E anche la poesia sillabica può farsi viva se ha un ritmo fisico che si sovrappone al contare meccanico delle sillabe. Chi, se parla l'inglese come madrelingua, si accorge che le quindici sillabe dei versi di « *Fern Hill* » (La collina delle felci) sono *esattamente quindici*, o forse si lamenterebbe se Dylan Thomas ne avesse saltato un paio? Eppure ci accorgiamo tutti del ritmo degli accenti che le controlla. Qualcosa del genere succede in « *Mushrooms* »

Nudgers and shovers
In spite of ourselves.
Our kind multiplies:

We shall by morning
Inherit the earth.
Our foot's in the door.

(Spingendo, scavando
Senza volerlo
Si moltiplica la razza:

Prima di giorno
Erediteremo la terra.
Già siamo alla soglia.)

Sono versi di cinque sillabe, ma quello che colpisce l'orecchio non sono le cinque sillabe ma il ritmo, vecchio almeno quanto Omero, dei dattili e degli spondei, con una pausa o due.

In *Ariel* c'è solo una poesia sillabica, e non è delle migliori. I versi sillabici sembrano aver esaurito il loro valore di esercizi preparatori in *The Colossus*, quando scrive la sua opera importante, Sylvia Plath li abbandona. *Ariel* non presenta quasi nessuna innovazione metrica; a meno che non si pensi alla saldatura attraverso la virgola e all'impeto nervoso che ne risulta, ma questa è più una questione di sintassi che di metrica. Posso permettermi di suggerire che i poeti migliori raramente si preoccupano di rinnovare la metrica? È un lavoro che lasciano ai pignoli, è sempre più facile inventare un nuovo sistema metrico che scrivere una buona poesia con un metro che esiste già. Mezzo nuovo – tedio nuovo; Roethke, con la sua devozione per le poesiole per bambini, pensava forse a questo detto quando scrisse « Qualche nuovo, raro tedio sta prendendo forma? ».

Lungi dall'innovare la metrica, *Ariel* segna quello che gli esperti potrebbero considerare un passo indietro. Se si eccettuano i versi sillabici di « *You're* » (Tu sei) tutto il resto è costruito secondo i più tradizionali ritmi dell'inglese. Frost sostiene che in inglese abbiamo « praticamente due soli ritmi; il giambo regolare e quello irregolare ». In *Ariel* praticamente non troviamo altro, e spesso sono usati entrambi nella stessa poesia. Il giambo irregolare tende verso il più fuori moda dei piedi: l'anapesto (oppure verso la sua immagine speculare: il dattilo). Probabilmente non si incontra una simile concentrazione di anapesti in una raccolta di poesie importanti dai tempi delle invasioni degli Assiri. Con questo non voglio dire che *Ariel*, per tutte le cose che contano, non sia una raccolta profondamente originale; pasticciare col ritmo naturale, cardiaco, della poesia non è una forma di originalità rilevante, tutto quello che si rischia di ottenere è un caso di fibrillazione, completa aritmia verbale, e in *Ariel* quanto più la poesia è originale tanto più è tradizionale il ritmo.

I versi di *Ariel* non sono certo tutti pentametri, anche se lo sono abbastanza spesso da sorprenderci, ma probabilmente sono sentiti come tali anche quando non sono stampati in forma di pentametri. Facciamo un esempio: i versi da 2 a 10 di « *Lady Lazarus* » possono essere disposti, senza violentarne la cadenza, così:

One year in every ten / I manage it –
A sort of walking miracle, my skin
Bright as a Nazi lampshade, / My right foot
A paperweight, / My face a featureless
fine / Jew linen. / Peel off the napkin / O
my enemy. / Do I terrify ? – / The nose...

(Un anno ogni dieci / Ci riesco –
Una specie di miracolo ambulante, la mia pelle
Splendente come un paralume nazi, / Un fermacarte il mio
Piede destro, / La mia faccia un anonimo,
perfetto / Lino ebraico. / Via il drappo, / O
mio nemico! / Faccio paura? – / Il naso...)

e la poesia ritorna sempre a quel ritmo, specialmente nei momenti di maggiore intensità:

Soon, soon the flesh / The grave cave ate will be
At home on me / And I a smiling woman...

(Presto, ben presto la carne / Che il sepolcro ha mangiato
si sarà

Abituata a me / E io sarò una donna che sorride...)

oppure

The peanut-crunching crowd / Shoves in to see / Them unwrap me hand and foot – / The big strip tease...

(La folla sgranocchiante noccioline / Si accalca per vedere / Che
mi sbendano mani e piede – / Il grande spogliarello...)

È molto più regolare dell'inizio del sonetto 116 di Shakespeare « *Let me not to the marriage of true minds...* » (Che io non accetti ostacoli all'incontro di due spiriti sinceri...) che ha solo un piede giambico su cinque.

Molti versi chiave sono stampati come pentametri:

And like the cat I have nine times to die...
To last it out and not come back at all...
And pick the worms off me like sticky pearls...
For the eyeing of my scars, there is a charge...

(E come il gatto ho nove vite da morire...
A insistere, a non recedere assolutamente...
E staccarmi via i vermi come perle appiccicose...
Per spiare le mie cicatrici c'è un prezzo da pagare...)

« *Tulips* » è più alla maniera di Fletcher: più anapesti, più sillabe in eccedenza:

I didn't want any flowers, I only wanted
To lie with my hands turned up and be utterly empty.
How free it is, you have no idea how free –
The peacefulness is so big it dazes you...

(Io non volevo fiori, volevo solamente
Giacere a palme riverse ed essere tutta vuota.
Come si è liberi, liberi da non credersi.
La pace è così grande che abbaglia...)

e la conclusione:

The water I taste is warm and salt, like the sea,
And comes from a country far away as health.

(L'acqua che assaggio è calda e salata, come il mare,
E viene da un paese lontanissimo come la salute.)

« *Ariel* », la poesia, sembra più irregolare ma anch'essa raramente si allontana dal giambo. Per la maggior parte la si potrebbe segmentare in modo da essere metricamente non meno regolare del verso giacobiano. « *Lesbos* » che si apre con un'eco da Tourneur è anche più regolare:

Where they crap and puke and cry and she can't hear.
You say you can't stand her, / The bastard's a girl...
She'll cut her throat at ten if she's mad at two.

Even in your Zen heaven we shan't meet.

(Dove lei non li sente che cacano e vomitano e frignano.
Tu dici che non la sopporti, / Bastarda d'una bambina...
Se è matta a due anni, a dieci si taglia la gola.

Nemmeno nel tuo cielo Zen t'incontrerò.)

Mi riesce difficile capire come qualcuno possa sentire versi come questi e sostenere che il pentametro giambico non si adatta al linguaggio parlato, inglese o americano. (Al mio orecchio sono molto più vivi della maggior parte dei versi di Williams che trovo piuttosto legnosi.) Si può scegliere a caso – le poesie di *Ariel* ritornano in continuazione alla solida base del pentametro giambico, e anche quando non succede tendono al giambo irregolare indipendentemente dalla lunghezza del verso: « *Obscene bikinis hide in the dunes...* » in « *Berck-Plage* » (Osceni bikini si nascondono tra le dune...) oppure: « *Love set you going like a fat gold watch...* » in « *Morning Song* » (Canzone del mattino) (L'amore ti ha caricato come un grosso orologio d'oro...). E ancora in « *Cut* » (Taglio):

What a thrill –
My thumb instead of an onion.
The top quite gone
Except for a sort of hinge..

(Che sensazione –
Il mio pollice invece della cipolla.
La testa quasi staccata,
Una specie di cardine a trattenerla...)

e in « *Mary's Song* » (Canto di Maria):

It is a heart,
This holocaust I walk in,
O golden child the world will kill and eat.

(È un cuore
L'olocausto a cui vado,
O figlio aureo che il mondo ucciderà e mangerà.)

Cito tanto perché mi aspetto di non essere creduto. « Vuoi dire che Sylvia Plath è così *tradizionale*? » In *Ariel*, dal punto di vista tecnico, non potrebbe essere più tradizionale, ed è questa una delle ragioni per cui il libro appare così originale. Tranne che per i superficiali e per quelli che hanno già visto tutto la sola novità è noiosa: tutto cambia, disse Valéry, tranne l'avanguardia. Se « *Make it new* » (rinnova), è un ottimo consiglio « *Make it do* » (fallo funzionare) forse è un consiglio ancora migliore, se uno ha la forza e le risorse per farlo. Ma l'esempio di quello che Sylvia Plath ha saputo fare è molto più convincente della mia predica.

In « *Daddy* », così famosa e terribile, i giambi sono alternati ad anapesti e spondei

no not
Any less the black man who

Bit my pretty red heart in two.
I was ten when they buried you.
At twenty I tried to die
And get back, back, back to you.
I thought even the bones would do.

(Sempre uomo nero che

Con un morso il cuore mi fende.
Avevo dieci anni che seppellirono te.
A venti cercai di morire
E tornare, tornare a te.
Anche le ossa mi potevano servire.)

« *The Bee Meeting* » (La riunione delle api) ha versi più lunghi con lo stesso piede. Solo in poesie meno interessanti, alla maniera di « *The Colossus* » (Il colosso) non è probabile che siamo presi in questo ritmo. In « *Medusa* » per esempio.

Sebbene abbia parlato poco dello stile probabilmente molte delle citazioni hanno già suggerito quello che voglio dire. In *The Colossus* lo stile è sempre elevato ed elegante, ma è la lingua scritta piuttosto che parlata. Più letterario che vero. Ci sono versi che sarebbe difficile incontrare pronunciati per la strada o altrove, per esempio in « *Faun* » (Fauno):

Haunched like a faun, he hooed
From groves of moon-glint or fen-frost
Until all owls in the twigged forest...

(Accucciato come un fauno lanciò
Il suo richiamo da boschetti di.
Splendore lunare o da stagni di brina
Finché tutti i gufi tra le fronde della foresta...)

Ma non avremmo difficoltà a sentire il linguaggio di *Ariel*; apriamo a caso. In « *Lady Lazarus* »:

I have done it again.
One year in every ten
I manage it...

(L'ho rifatto.
Un anno ogni dieci
Ci riesco...)

o in « *Fever 103°* »: « *Pure? What does it mean?* » (Pura? Cosa vuol dire?) o in « *Swarm* » (Brulicare): « *Somebody is shooting at something in our town...* » (Qualcuno sta sparando, da qualche parte in città...).

Non tutti i versi di *Ariel* hanno questa qualità di parlato, ma quella che sentiamo è quasi sempre una voce vera in un corpo vero in un mondo vero. Spesso in *The*

Colossus la voce non è vibrante, non è la vera voce di Sylvia Plath, spesso, come in « *Ouija* » (Magia parlante), è piuttosto la voce di Wallace Stevens « poesia luminosa in forme che il tempo ha appannato... cronaca gentile di ogni turpe rottura ». In « *Spinster* » (Zitella) è la voce di Ransom e in « *Dark House* » (La casa oscura) è Roethke allo stato puro

All-mouth licks up the bushes
And the pots of meat.
He lives in an old well,
A stony hole. He's to blame.
He's a fat sort.

(È tutto bocca, lecca i cespugli
E le pentole di carne.
Vive in un vecchio pozzo,
Una caverna di pietra. È colpa sua.
È un grassone.)

C'è anche Dylan Thomas e qualche altro, sono meravigliosi esercizi di imitazione e come ogni cosa che ha fatto l'hanno preparata a parlare con la propria voce in *Ariel*. Forse uno scrittore trova se stesso solo dopo aver tentato di essere qualcun altro. « Più di metà della vita di un uomo per conquistare questa libertà di parola. È un trionfo » disse Eliot del libro di Yeats apparso nel 1914. Sylvia Plath non ha avuto tanto tempo, ma in pochi anni, in tutti i modi che ho tentato di descrivere, si è preparata a durare e a trasmettere, anche solo per un attimo, le fiamme del paradiso.

(*Traduzione di Guido Carboni*)

Note

[1] « Suicide Off Egg Rock ».

[2] Dopo aver scritto questo articolo ho scoperto che Peter Davison sostiene la stessa cosa in *Inhabited by a Cry*: *The Last Poetry of Sylvia Plath* « Atlantic », Agosto 1966, pp. 76-77. Anche Davison considera *The Colossus* « esercizi » e di *Ariel* dice: « non avrebbe potuto scrivere queste poesie senza la lunga deliberata preparazione tecnica che le ha precedute. Possiamo produrre con autentica spontaneità solo quello che prima l'abitudine ci ha insegnato ».

[3] *The Poet Speaks*, Argo Record Co. No RG 455 Londra. Sylvia Plath legge, oltre al commento, « *Lady Lazarus* », « *Daddy* » e « *Fever 103°* ». Gli altri poeti sono Ted Hughes, Peter Porter e Thom Gunn (Registrato il 30 Ottobre 1962).

[4] « *Lesbos* » è inclusa nella edizione americana di *Ariel* ma non in quella inglese.

INTRODUZIONE AD « ARIEL »

di
Robert Lowell

Il testo di Robert Lowell fa da introduzione all'edizione originale del volume *Ariel*.

In queste poesie, scritte negli ultimi mesi della sua vita e spesso tumultuosamente composte in ragione di due o tre al giorno, Sylvia Plath diviene se stessa, diviene un'entità immaginaria, appena creata, creata fieramente e sottilmente... non un individuo, né una donna, né certo un'altra « poetessa », ma una di quelle grandi eroine classiche, più che reali, ipnotiche. Non tanto un essere femminile quanto femmineo, e questo pure se gli elementi che siamo soliti definire femminei vengono in lei capovolti. La sua voce, ora freddamente divertita, ironica, ora acida, ora sognante, fanciullesca, aggraziata, può farsi aspra e stridente come il grido del vampiro – Didone, Fedra o Medea che sa ridere di sé « mucchesca e floreale nella mia camicia da notte vittoriana ». I versi si ripetono, a volte si perde il filo, ma il linguaggio in lei non muore mai.

Tutto in queste poesie è personale, una confessione profondamente sentita, ma in lei il modo di sentire è una controllata allucinazione, l'autobiografia di una febbre. Brucia dall'ansia di muoversi, per una passeggiata, una cavalcata, un viaggio, il volo dell'ape regina, costretta ad avanzare dal battito ansante del suo cuore. Il titolo *Ariel* evoca il personaggio shakespeariano, lo spiritello adorabile ma curiosamente agghiacciante nella sua ambiguità virile, ma per la verità *Ariel* è qui il cavallo dell'autrice. Pericolosa, più potente dell'uomo, efficiente come una macchina grazie a un duro allenamento, lei stessa ricorda un cavallo da corsa, che galoppa senza sosta tendendo spasmodicamente il collo, superando uno dopo l'altro ostacoli di morte. Grida per questa vita tumultuosa di partenze segnate da un colpo di pistola, di traguardi tagliati, di record mondiali infranti. Ma quanto vi è in lei di più eroico non è la sua forza, piuttosto la disperata semplicità del suo controllo, la sua mano d'acciaio dal tocco modesto, femminile. Lei, che è quasi movimento puro, può sopportare « Dio, la grande stasi nella sua vacua notte », ospedali, febbre, paralisi, il polmone d'acciaio, venire svestita come una spogliarellista di avanspettacolo, vestita come un manichino, legata come Gulliver dai lillipuziani... appartamenti, bambini, nitidi panorami inglesi, alveari, alberi di tasso, giardini, la luna, trappole, torture, ferite, fiori dalle corolle simili a ferite, paralumi fatti di pelle umana, i carri armati omicidi di Hitler sferraglianti sul suolo russo. Suicidio, odio del padre, disgusto di sé – nulla è troppo per la macabra gaiezza del suo controllo. E tuttavia è troppo; l'immortalità della sua arte è la disintegrazione della vita. La sorpresa, il lucente regalo di compleanno privo dell'involucro di carta, la trascendenza « Dentro il rosso occhio, cratere del mattino », e l'amante, che l'attendono sempre, sono la Morte, la sfida improvvisa alla *sua* morte.

He tells me how badly I photograph.
He tells me how sweet

The babies look in their hospital
Icebox, a simple

Frill at the neck,
Then the flutings of their Ionian
Death-gowns,
Then two little feet.

(Mi dice come fotografo male.
Mi dice di quanta dolcezza
Appaiono i bebè nella loro ospitale
Ghiacciaia, con al collo

Una semplice trina
E poi i drappeggi delle loro ioniche
Tuniche funebri
E infine i piccoli piedi.)

Vi è, in queste poesie, un particolare, ossessivo senso di sfida. Probabilmente molti, dopo aver letto *Ariel*, indietreggeranno sotto il colpo di quel loro primo atterrito sgomento, e penosamente si chiederanno perché tanta parte di quelle poesie li lasci vuoti, evasivi, incapaci di esprimersi. Nei suoi versi mi accade spesso di udire il sussurro del serpente: « Via, se soltanto ne avessi il coraggio, anche tu potresti avere la mia ispirazione esatta, audace, fluente ». Ma molti di noi ritorneranno sui loro passi. Queste poesie giocano alla roulette russa con sei pallottole nella pistola, come in un gioco pericoloso in cui le ruote di due macchine siano incastrate e impossbilitate a muoversi. Oh, il paradiso dell'umile scriba, i millenni di artisti egiziani che ripetono e ripetono schemi altezzosamente e immutabilmente definiti! E tuttavia le poesie di

Sylvia Plath non sono la glorificazione di un'esistenza selvaggia e dissoluta, l'esistenza del poeta « maledetto », lieto di distruggersi in cambio di pochi anni di ininterrotta intensità. Questa poesia di vita non è come una corsa affannosa; dice semplicemente che la vita, anche quando è disciplinata, non vale la pena di essere vissuta.

È straziante, riandando al passato, capire che il segreto dell'ultima irresistibile fiammata di Sylvia Plath è nascosto nella discrezione, nel garbo estremo della sua penosa timidezza. Non è mai stata una mia allieva, ma per due mesi circa, sette anni fa, seguì il mio corso di poesia alla Boston University. La rivedo, opaca contro il cielo luminoso di una finestra priva di qualsiasi panorama, sempre che non si desiderasse contemplare le avvilite scatole in cemento e mattoni gialli delle stazioni di servizio in periferia. Era alta, snella, con il busto lungo e fragile, i gomiti aguzzi, era nervosa, imbarazzata, gentile – una presenza tesa e brillante che la timidezza paralizzava. La sua umiltà, la sua disponibilità ad accettare tutto quanto veniva generalmente ammirato parevano darle a volte un'esasperante docilità che nascondeva la sua pazienza e la sua audacia fuori moda. Ci mostrò allora poesie che in seguito, più o meno cambiate, vennero pubblicate nel suo primo libro, *The Colossus*. Erano poesie dai toni bassi, perfette nella struttura, facili all'allitterazione e a un'angoscia dolente e intimista.

A mongrel working his legs to a gallop
Hustles the gull flock to flap off the sand-spit.

(Un bastardo che si sforza di galoppare
Spinge lo sciame dei gabbiani a volar via dal litorale.)

Altri versi mostravano il suo spirito e la sua immediatezza.

The pears fatten like little buddhas.
(Le pere ingrassano come piccoli budda.)

Non prestai allora, né saprei dire perché, un'attenzione molto profonda a nessuna di quelle poesie. Avvertii la sua raffinatezza, la sua confusione, e non seppi immaginare la sua stupefacente, trionfante completezza futura.

New York City, 1966

(*Traduzione di Anna Luisa Zazo*)

Indice

from ARIEL

Poesia del Novecento

Marina Cvetaeva
Dopo la Russia

Elio Pagliarani
I romanzi in versi

William Carlos Williams
Paterson

Constantinos Kavafis
Poesie

André Frénaud
Non c'è paradiso

OSCAR SCRITTORI DEL NOVECENTO

Christie Mallowan, Viaggiare è il mio peccato
Pratolini, Il quartiere
Chiara, Le corna del diavolo
Grossman, Il vento giallo
Sciascia, La Sicilia come metafora
Mauriac, Vita di Gesù
Naipaul, Guerrillas
Schnitzler, Therese
Buzzati, Le notti difficili
Leavitt, Eguali amori
Ungaretti, Per conoscere Ungaretti
Borges, Venticinque agosto 1983 e altri racconti inediti
Consolo, La ferita dell'aprile
Doctorow, Il libro di Daniel
D'Annunzio, Giovanni Episcopo
Plath, La campana di vetro
Hemingway, Avere e non avere
Santucci, Il velocifero
Miller, Uccello pazzo (Crazy cock)
Kafka, Tutti i racconti
Steinbeck, Al Dio sconosciuto
Chiara, Il balordo
Kerouac, I vagabondi del Dharma
Pratolini, Metello
Doctorow, Il lago delle strolaghe
Gibran, Il vagabondo
Miller, Moloch
Vittorini, Il garofano rosso
Hesse, Demian
Chiara, La spartizione
Kafka, Il Castello
Gibran, Il folle
Deledda, Elias Portolu
Gibran, Gli dèi della terra
Vittorini, Piccola borghesia
Bellow, L'uomo in bilico
Mann Th., L'eletto
Hesse, Knulp - Klein e Wagner - L'ultima estate di Klingsor
Deledda, La madre
Steinbeck, Quel fantastico giovedì
Chiara, Tre racconti
Chiara, L'uovo al cianuro e altre storie

Malerba, Il serpente
Pontiggia, Il giocatore invisibile
Mishima, Colori proibiti
Faulkner, Gli invitti
Hemingway, Il giardino dell'Eden
Bellonci, Lucrezia Borgia
Hesse, Rosshalde
Pomilio, Il quinto evangelio
Grossman, Vedi alla voce: amore
Chiara, Di casa in casa, la vita
Faulkner, Scendi, Mosè
La Capria, L'armonia perduta
Naipaul, Elezioni a Elvira
Christie, Il meglio dei racconti di Agatha Christie
Hemingway, Ventuno racconti
Consolo, Le pietre di Pantalica
Naipaul, Mr. Stone
Bellow, Ne muoiono più di crepacuore
Kawabata, Mille gru
Faulkner, Mentre morivo
Buzzati, Poema a fumetti
Naipaul, Miguel Street
Lawrence, L'arcobaleno
Bassani, Il Romanzo di Ferrara
Mann H., Il professor Unrat (L'angelo azzurro)
Faulkner, Palme selvagge
Lawrence, Figli e amanti
Greene, Il nostro agente all'Avana
Castellaneta, La dolce compagna
Bellonci, Segni sul muro
Hemingway, Morte nel pomeriggio
Bellow, La sparizione
Malaparte, Io, in Russia e in Cina
Tobino, Tre amici
Greene, Il nocciolo della questione
Saint-Exupéry, Corriere del Sud
Parise, Il padrone
Bellow, Il circolo Bellarosa
Hemingway, Verdi colline d'Africa
Castellaneta, L'età del desiderio
Schnitzler, Anatol
Miller, Sexus
Strindberg, La signorina Julie - Il padre - Il pellicano
Sgorlon, Regina di Saba
Buzzati, Il colombre
Hesse, Sotto la ruota
Mauriac, Destini
Miller, Plexus
La Capria, Capri e non più Capri
Bonaviri, Notti sull'altura
Miller, I giorni di Clichy
Mauriac, Gli angeli neri
Miller, Nexus
Greene, Un americano tranquillo
Hemingway, Lettere 1917-1961
Greene, Una pistola in vendita
Joyce, Le gesta di Stephen

Castellaneta, La paloma
Orwell, La strada di Wigan Pier
Greene, I naufraghi
Orwell, Una boccata d'aria
Joyce, Finnegans Wake
Simenon, Maigret e il vagabondo
Miller, Tropico del Cancro
Hemingway, Storie della guerra di Spagna - La Quinta Colonna
Bukowski, Poesie (1955-1973)
Hemingway, I racconti di Nick Adams
Hesse, La nevrosi si può vincere
Updike, Coppie
Miller, Tropico del Capricorno
Consolo, Nottetempo, casa per casa
Buzzati, Il segreto del Bosco Vecchio
Simenon, Maigret esita
Simenon, L'amico d'infanzia di Maigret
Simenon, Maigret e il capellone imprudente
Miller, Primavera nera
Busi, Altri abusi
Hesse, Sull'amore
Hesse, Dall'India
Meneghello, Libera nos a Malo
Gadda, Il primo libro delle Favole
Pound, Cantos scelti
Borges, Libro di sogni
Simenon, Maigret e il commerciante di vini
Simenon, Maigret e la vecchia pazza
Simenon, Maigret e l'uomo solo
Nigro, Ombre sull'Otanto
García Márquez, L'amore ai tempi del colera
Simenon, Maigret sotto inchiesta
Simenon, Maigret si diverte
Busi, Vita standard di un venditore provvisorio di collant
Busi, Sodomie in corpo 11
Simenon, Maigret viaggia
Simenon, Una confidenza di Maigret
Simenon, Maigret e gli aristocratici
Simenon, La collera di Maigret
Simenon, Maigret e il ladro pigro
Simenon, Maigret e il cliente del sabato
Simenon, Maigret e l'informatore
Kavafis, Poesie
Simenon, Maigret e il signor Charles
Kafka, Lettera al padre - Quaderni in ottavo
Busi, Seminario sulla gioventù
Frost, Conoscenza della notte e altre poesie
Leavitt, La lingua perduta delle gru
Kafka, Lettere a Milena

Simenon, Maigret e il fantasma
Simenon, Maigret e l'affare strip-tease
Simenon, Gli scrupoli di Maigret
Simenon, La pazienza di Maigret
Hesse, La natura ci parla
Hesse, Le stagioni della vita
Hemingway, 88 poesie
Meneghello, Fiori italiani
Mann Th., Saggi
Hesse, Non uccidere
Simenon, Maigret e la famiglia felice
Hesse, L'arte dell'ozio
Lovecraft, Le montagne della follia
Montale, Poesie scelte
Meneghello, Pomo pero
Hesse, Poesie
Busi, Le persone normali
Kawabata, Il maestro di go
Hesse, Il coraggio di ogni giorno
Hesse, Religione e mito
Buzzati, Bàrnabo delle montagne
García Márquez, Racconto di un naufrago
La Capria, Letteratura e salti mortali
Borges, La cifra
Lovecraft, Il caso di Charles Dexter Ward
Naipaul, Il massaggio mistico
Bulgakov, Uova fatali
Kafka, Frammenti e scritti vari
García Márquez, Il sequestro
Amis, Territori londinesi
García Márquez, Dodici racconti raminghi
Christie, La domatrice
Christie, Alla deriva
Christie, Aiuto, Poirot!
Christie, Corpi al sole
Christie, Miss Marple e i tredici problemi
Christie, Macabro quiz
Christie, È un problema
Christie, La serie infernale
Christie, Delitto in cielo
Christie, Se morisse mio marito
Christie, Un messaggio dagli spiriti
Christie, Miss Marple nei Caraibi
Christie, Il terrore viene per posta
Christie, Istantanea di un delitto
Christie, La parola alla difesa
Christie, Poirot e i Quattro
Christie, Poirot non sbaglia
Christie, Quattro casi per Hercule Poirot
Christie, Il segugio della morte
Christie, Hercule Poirot indaga
Christie, Sento i pollici che prudono
Christie, Il misterioso signor Quin

Christie, Assassinio allo specchio
Christie, Gli elefanti hanno buona memoria
Christie, Miss Marple: giochi di prestigio
Christie, Il mistero del treno azzurro
Christie, Nella mia fine è il mio principio
Christie, Testimone d'accusa e altre storie
Christie, Poirot e la salma
Christie, Miss Marple al Bertram Hotel
Christie, Addio, Miss Marple
Christie, Avversario segreto
Christie, Poirot sul Nilo
Christie, I sette quadranti
Christie, I primi casi di Poirot
Christie, Un cavallo per la strega
Christie, Poirot e la strage degli innocenti
Christie, Passeggero per Francoforte
Christie, Il Natale di Poirot
Christie, Sfida a Poirot
Christie, Sipario, l'ultima avventura di Poirot
Christie, Perché non l'hanno chiesto a Evans?
Christie, Un delitto avrà luogo
Christie, C'era una volta
Christie, Assassinio sull'Orient-Express
Christie, La dama velata e altre storie
Christie, Destinazione ignota
Christie, Le due verità
Christie, La morte nel villaggio
Christie, Non c'è più scampo
Christie, Le porte di Damasco
Christie, Il pericolo senza nome
Christie, Verso l'ora zero
Christie, Trappola per topi
Christie, Le fatiche di Hercule
Christie, Tragedia in tre atti
Christie, In tre contro il delitto
Christie, Il mondo di Hercule Poirot
Christie, È troppo facile
Christie, C'è un cadavere in biblioteca
Christie, Miss Marple: Nemesi
Christie, La sagra del delitto
Christie, Poirot a Styles Court
Christie, Poirot si annoia
Christie, Dieci piccoli indiani
Christie, Quinta colonna
Christie, L'assassinio di Roger Ackroyd
Christie, Polvere negli occhi
Christie, Il mondo è in pericolo
Christie, Tre topolini ciechi e altre storie
Christie, Appuntamento con la paura
Christie, Il mistero di Lord Listerdale e altre storie
Christie, Dopo le esequie
Christie, Carte in tavola
Christie, Giorno dei morti

Christie, Parker Pyne indaga
Christie, Il ritratto di Elsa Greer
Christie, L'uomo vestito di marrone
Christie, Sono un'assassina?
Christie, Due mesi dopo
Christie, Fermate il boia
Christie, Il segreto di Chimneys
Christie, Tommy e Tuppence: in due s'indaga meglio
Meneghello, I piccoli maestri
Bonaviri, Novelle saracene
Greene, L'uomo dai molti nomi
Turoldo, Il grande male
Simenon, Maigret e il libanese
Buzzati, Cronache terrestri
García Márquez, Il generale nel suo labirinto
Bulgakov, L'ispettore generale
Kerouac, Sulla strada
García Márquez, Cent'anni di solitudine
Hesse, Trilogia dell'amore e della vita
Hesse, Il romanzo della mia vita
Spark, La porta di Mandelbaum
Lovecraft, Alla ricerca del misterioso Kadath
Ungaretti, Il dolore
García Márquez, Cronaca di una morte annunciata
Malaparte, Il sole è cieco
Christie, La mia vita
Pontiggia, La grande sera
Greene, I commedianti
Naipaul, India
Tomizza, Gli sposi di via Rossetti
Greene, L'ultima parola e altri racconti
Buzzati, Il deserto dei Tartari
Buzzati, Sessanta racconti
Simenon, Maigret e i testimoni reticenti
Gibran, Le ali spezzate
Gibran, Gesù Figlio dell'Uomo
Gibran, Il precursore
Desiato, Il Marchese del Grillo
Chiara, Vita di Gabriele d'Annunzio
Joyce, Poesie
Kafka, Diari
Simenon, Maigret e il ladro
Sartre, Il diavolo e il buon Dio
García Márquez, Le avventure di Miguel Littín, clandestino in Cile
Simenon, Maigret a Vichy
Sartre, Morti senza tomba - Le mani sporche
Simenon, Maigret alle Assise
Leavitt, Un luogo dove non sono mai stato
La Capria, L'occhio di Napoli
Tomizza, La miglior vita
Gibran, La Voce del Maestro
García Márquez, I grandi romanzi di Gabriel García Márquez
Fitzgerald, Lembi di Paradiso
Busi, Vendita galline km 2
Bonaviri, Il fiume di pietra

Bettiza, Il fantasma di Trieste
Mishima, Il sapore della gloria
Gibran, Il vagabondo
Tomizza, La quinta stagione
Buzzati, Dino Buzzati al Giro d'Italia
Kerouac, Visioni di Gérard
Siciliano, La notte matrigna
Fowles, La donna del tenente francese
Rilke, Requiem e altre poesie
Busi, La Delfina Bizantina